「あかつき」一番星《いちばんほし》のなぞにせまれ!

山下美樹・文

中村正人・監修

「あかつき」プロジェクトマネージャ・
JAXA宇宙科学研究所教授

佐藤毅彦・監修

JAXA宇宙科学研究所教授

文溪堂

「あかつき」の各部《かくぶ》の名前《なまえ》

あかつきをカメラ側《がわ》から見《み》た各部《かくぶ》の名前《なまえ》(図《ず》1)と、裏側《うらがわ》からみた各部《かくぶ》の名前《なまえ》(図《ず》2)です。太陽電池《たいようでんち》パドルは、回転《かいてん》して太陽《たいよう》の方向《ほうこう》を向《む》けるようになっています。

図《ず》1

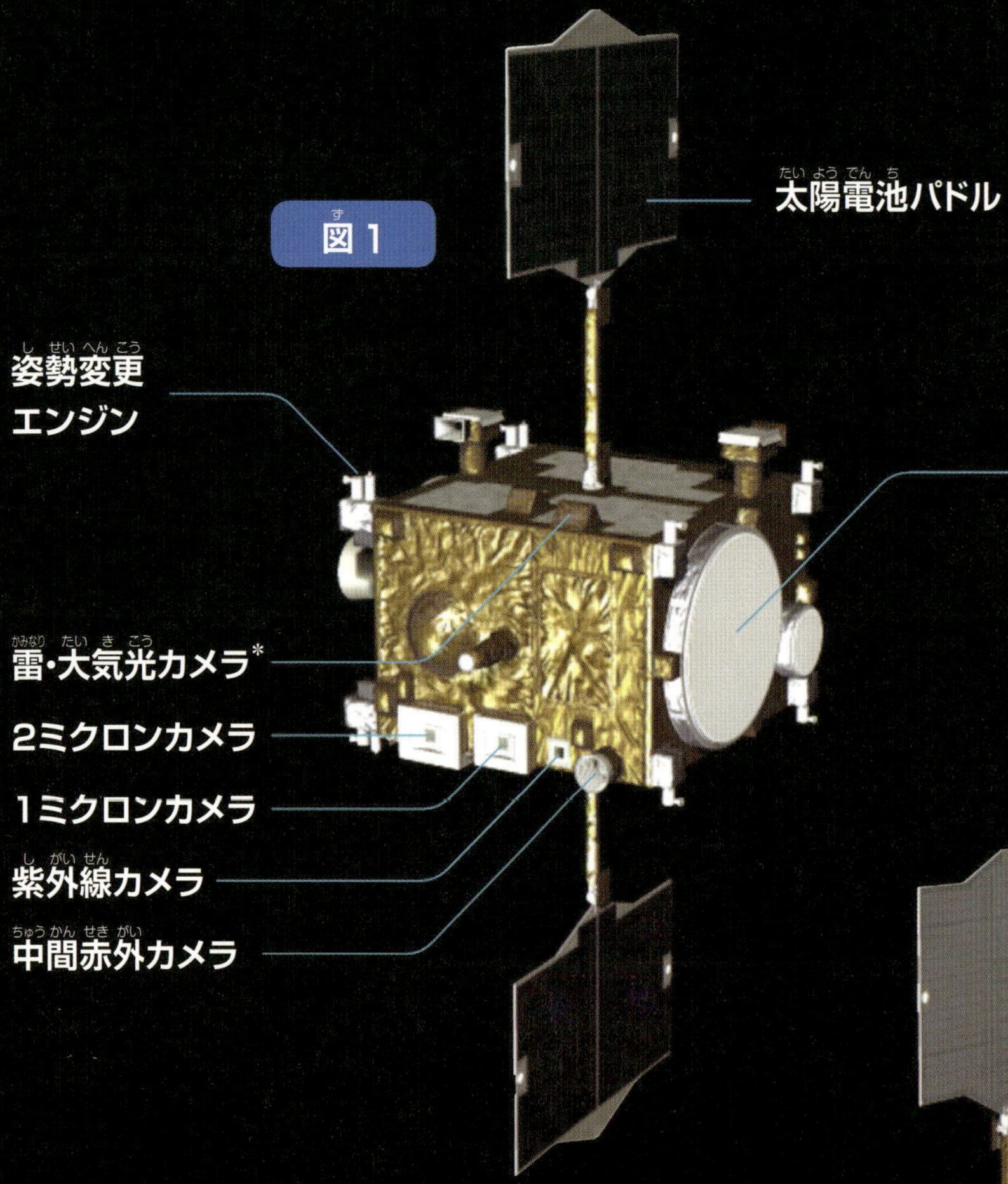

図《ず》2

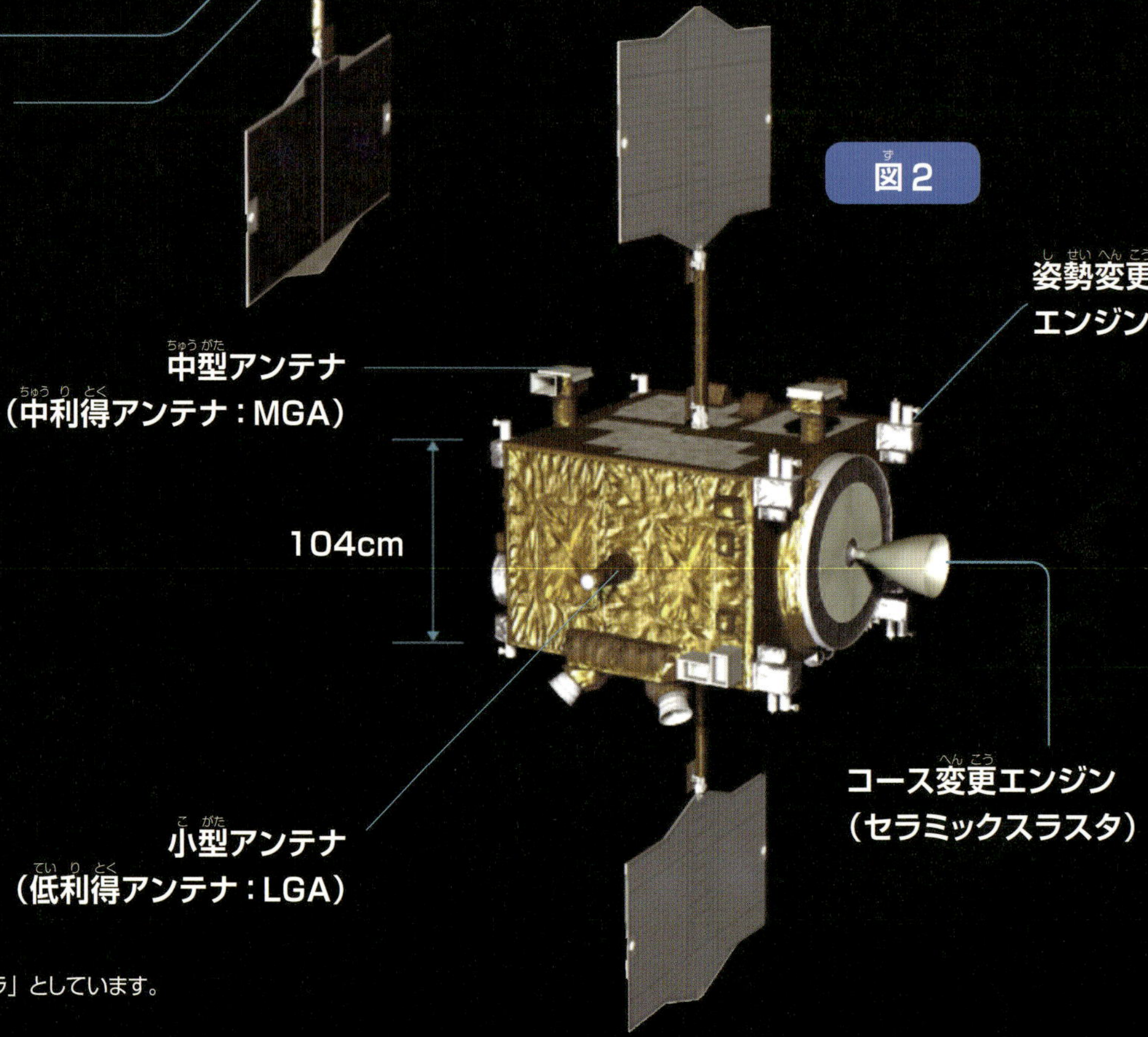

※本文《ほんぶん》では「雷《かみなり》カメラ」としています。

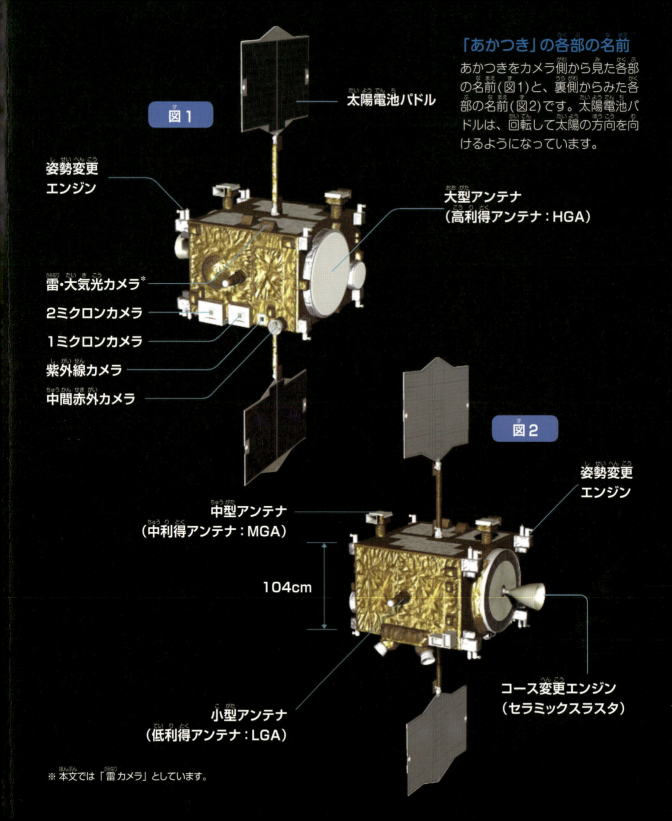

打《う》ちあげ前《まえ》の「あかつき」

カメラのある面《めん》が前《まえ》を向《む》いています。太陽電池《たいようでんち》パドルは、上部《じょうぶ》に折《お》りたたまれています。

「あかつき」の打《う》ちあげ

「あかつき」と「イカロス」を乗《の》せたH-IIAロケット17号機《ごうき》は、鹿児島県《かごしまけん》の種子島《たねがしま》宇《う》宙《ちゅう》センターから2010年《ねん》5月《がつ》21日午前《にちごぜん》6時《じ》58分《ふん》に打《う》ち上《あ》げられました。

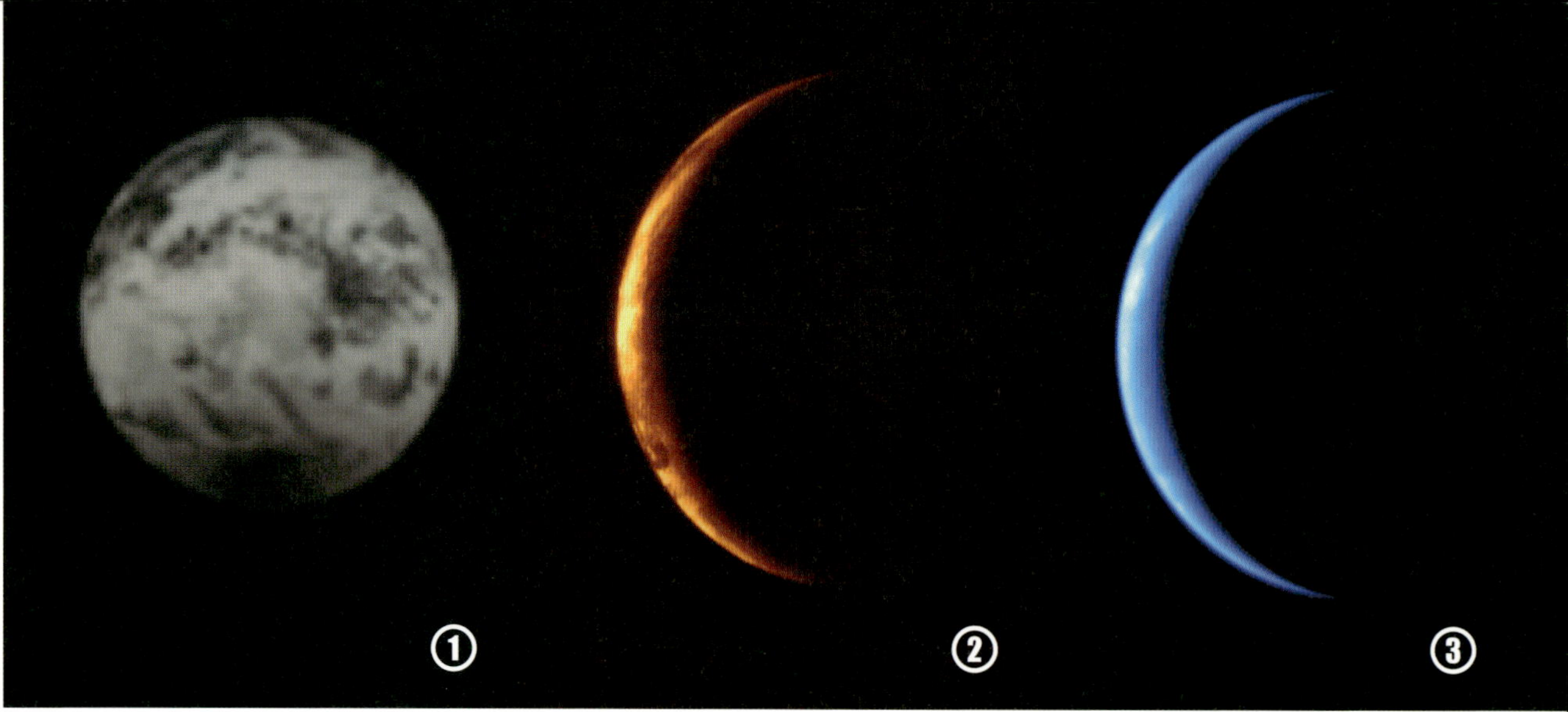

「あかつき」が撮影《さつえい》した地球《ちきゅう》

打《う》ち上《あ》げ当日《とうじつ》の2010年《ねん》5月《がつ》21日午後《にちごご》8時《じ》50分《ぷん》ごろ、「あかつき」が中間赤外《ちゅうかんせきがい》カメラ(LIR)で撮影《さつえい》した地球《ちきゅう》(①)。同《おな》じく、1ミクロンカメラ(IR1)で撮影《さつえい》した地球《ちきゅう》(②)と、紫外線《しがいせん》カメラ(UVI)で撮影《さつえい》した地球《ちきゅう》(③)。

※IR1、UVIの写真《しゃしん》は、わかりやすくするために色《いろ》をつけています。

「あかつき」の観測《かんそく》イメージ

「あかつき」が持《も》つカメラが、それぞれどの高度《こうど》を観測《かんそく》しているかをあらわしています。

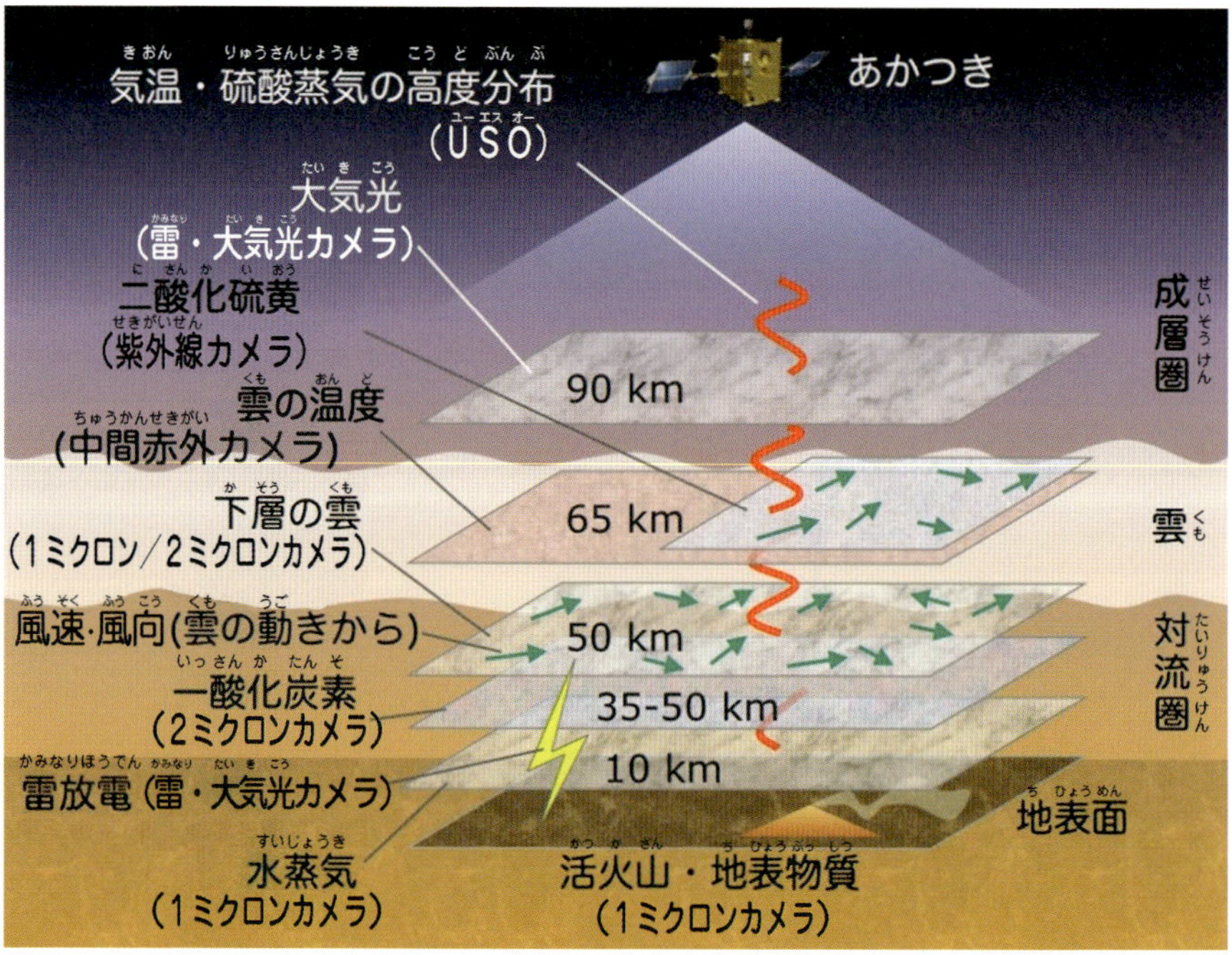

「あかつき」の
カメラが観測《かんそく》している世界《せかい》

「雷《かみなり》・大気光《たいきこう》カメラ」※は、人《ひと》の目《め》に見《み》える光《ひかり》(＝可視光線《かしこうせん》) を観測《かんそく》しています。その他《た》のカメラは、人《ひと》の目《め》には見《み》えない光《ひかり》(＝不可視光線《ふかしこうせん》)の、紫外線《しがいせん》や赤外線《せきがいせん》を観測《かんそく》しています。

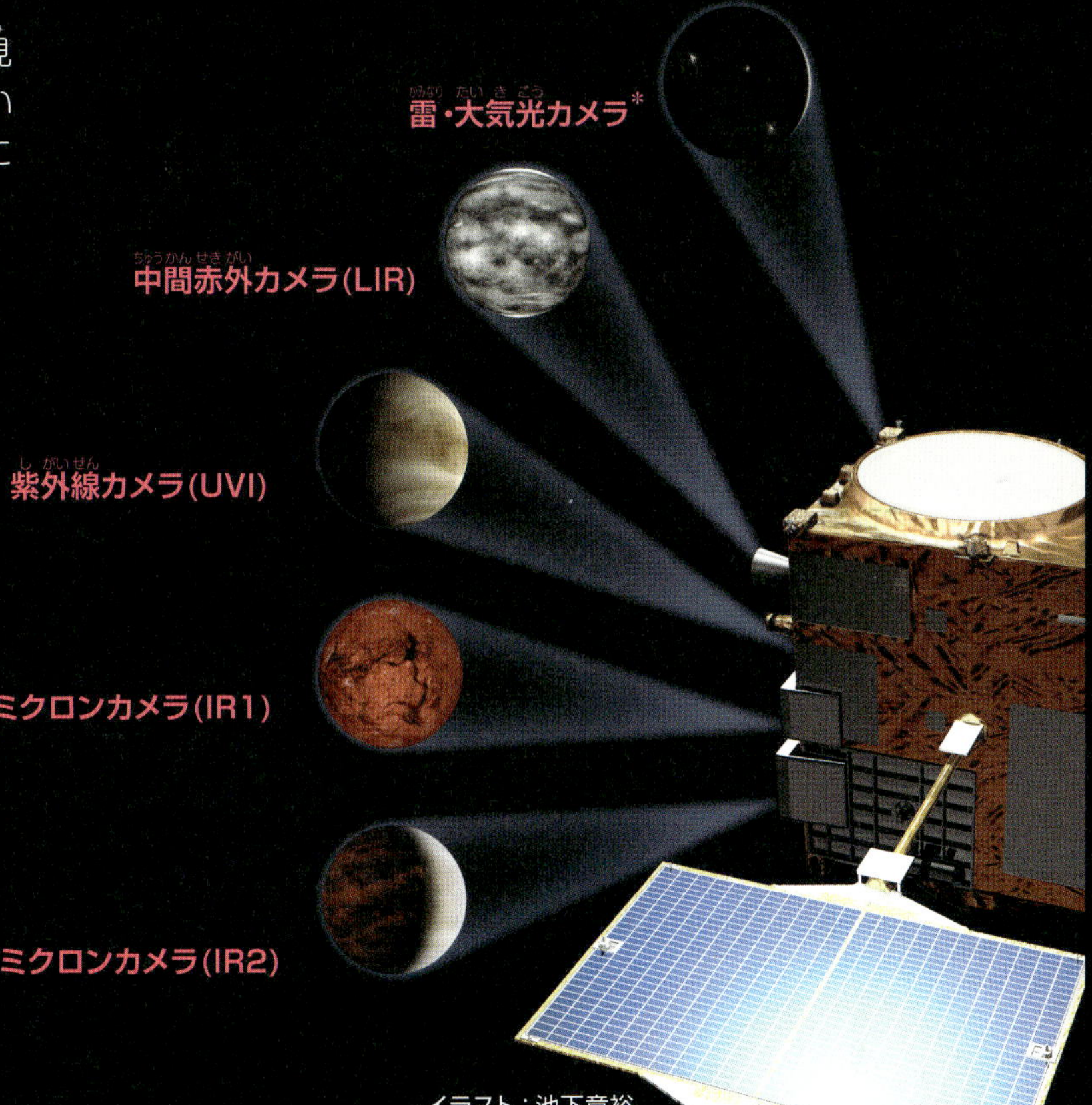

イラスト：池下章裕

※ 本文《ほんぶん》では「雷《かみなり》カメラ」としています。

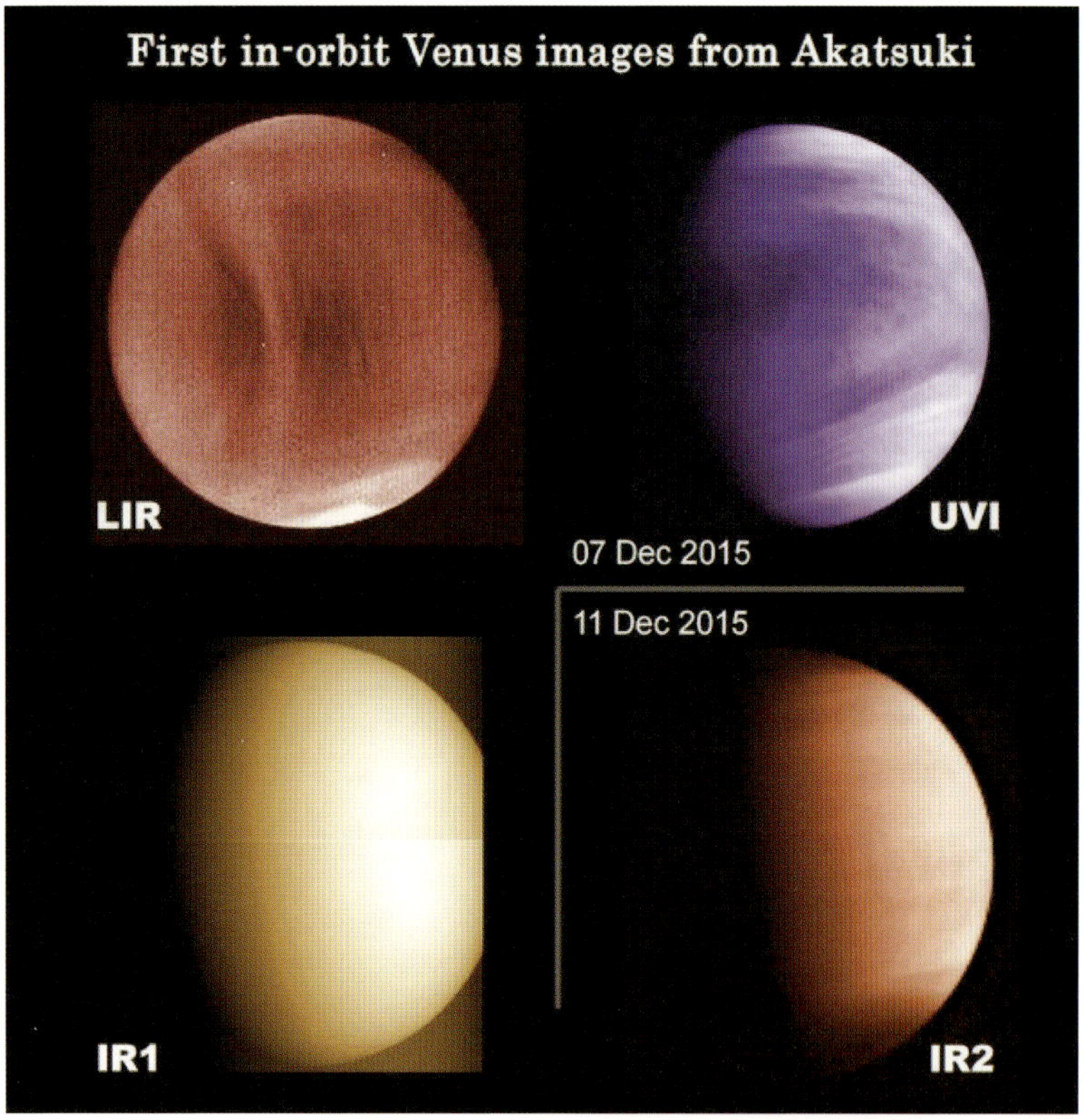

金星気象衛星《きんせいきしょうえいせい》になった「あかつき」が撮影《さつえい》した金星《きんせい》の姿《すがた》

2015年《ねん》12月《がつ》7日当日《かとうじつ》に「あかつき」が撮影《さつえい》した金星《きんせい》です（2ミクロンカメラ（IR2）は11日《にち》）。中間赤外《ちゅうかんせきがい》カメラ（LIR）の大《おお》きな弓状《ゆみじょう》もようは、「あかつき」が世界《せかい》で初《はじ》めてとらえました。

※わかりやすくするために色《いろ》をつけています。

2ミクロンカメラが撮影《さつえい》した金星《きんせい》

見《み》やすくするために色《いろ》をつけた金星《きんせい》の姿《すがた》。白《しろ》く光《ひか》っている部分《ぶぶん》は昼側《ひるがわ》です。右《みぎ》の夜側《よるがわ》の模《も》様《よう》は、雲《くも》のつぶの大《おお》きさのちがいなどをあらわしています。2016年《ねん》3月《がつ》25日撮影《にちさつえい》。

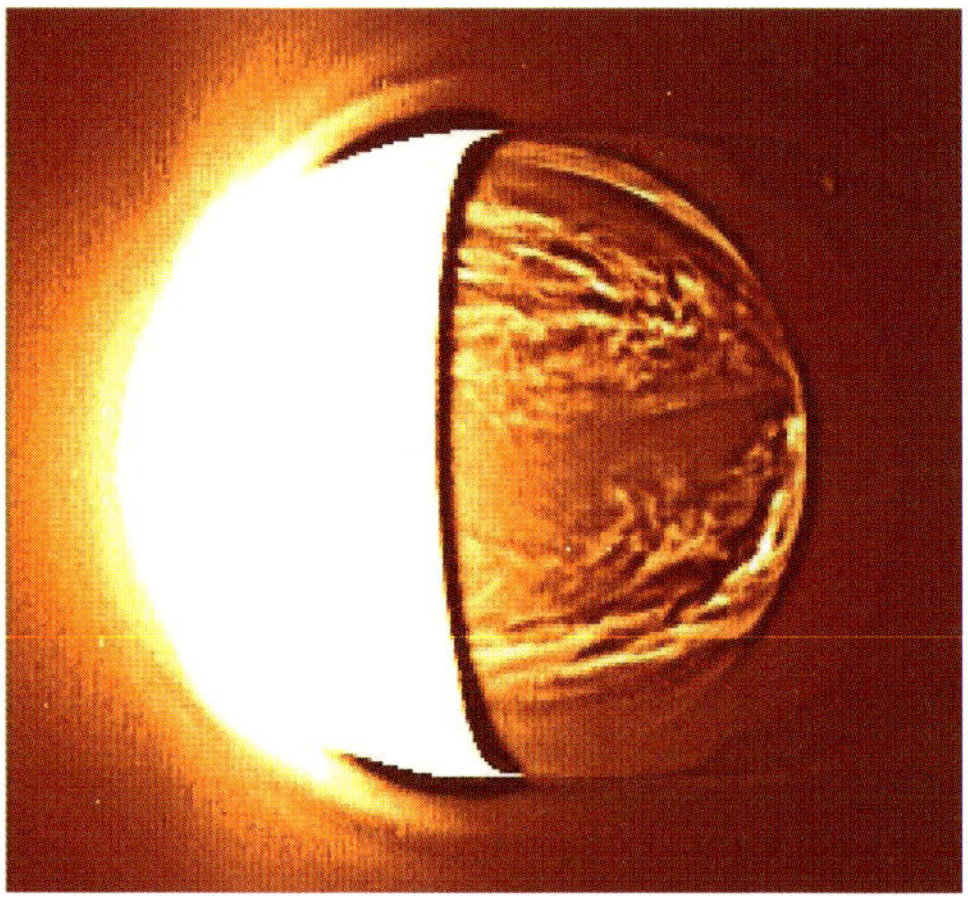

2ミクロンカメラが撮影《さつえい》した金星《きんせい》の夜面《よるめん》

金星《きんせい》の夜面《よるめん》（右側《みぎがわ》）のようすです。4時間《じかん》ごとに4枚撮影《まいさつえい》され、スーパーローテーションの動《うご》きをとらえました。2016年《ねん》3月《がつ》29日撮影《にちさつえい》。

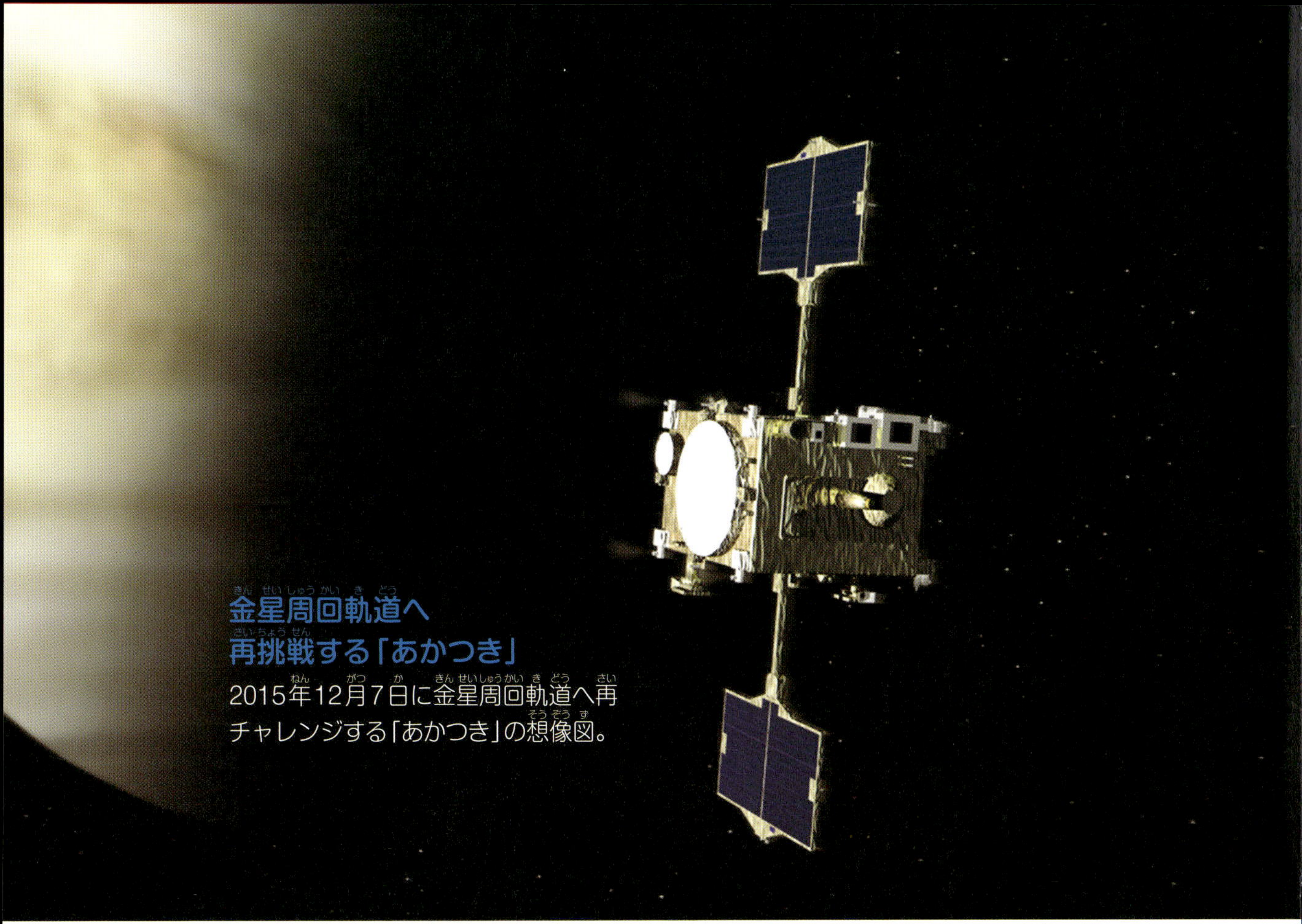

金星周回軌道《きんせいしゅうかいきどう》へ
再挑戦《さいちょうせん》する「あかつき」

2015年《ねん》12月《がつ》7日《か》に金星周回軌道《きんせいしゅうかいきどう》へ再《さい》チャレンジする「あかつき」の想像図《そうぞうず》。

『千《せん》のあかつき』
キャンペーンで集《あつ》まった
紙工作《かみこうさく》のあかつきくん

2010年《ねん》12月《がつ》7日《か》に金星周回軌道《きんせいしゅうかいきどう》へ入《はい》れなかった「あかつき」を応援《おうえん》しようと、千羽鶴《せんばづる》にちなんだ「千《せん》のあかつき」キャンペーンがおこなわれました。全国《ぜんこく》から4,323個《こ》のあかつきくんが寄《よ》せられました。

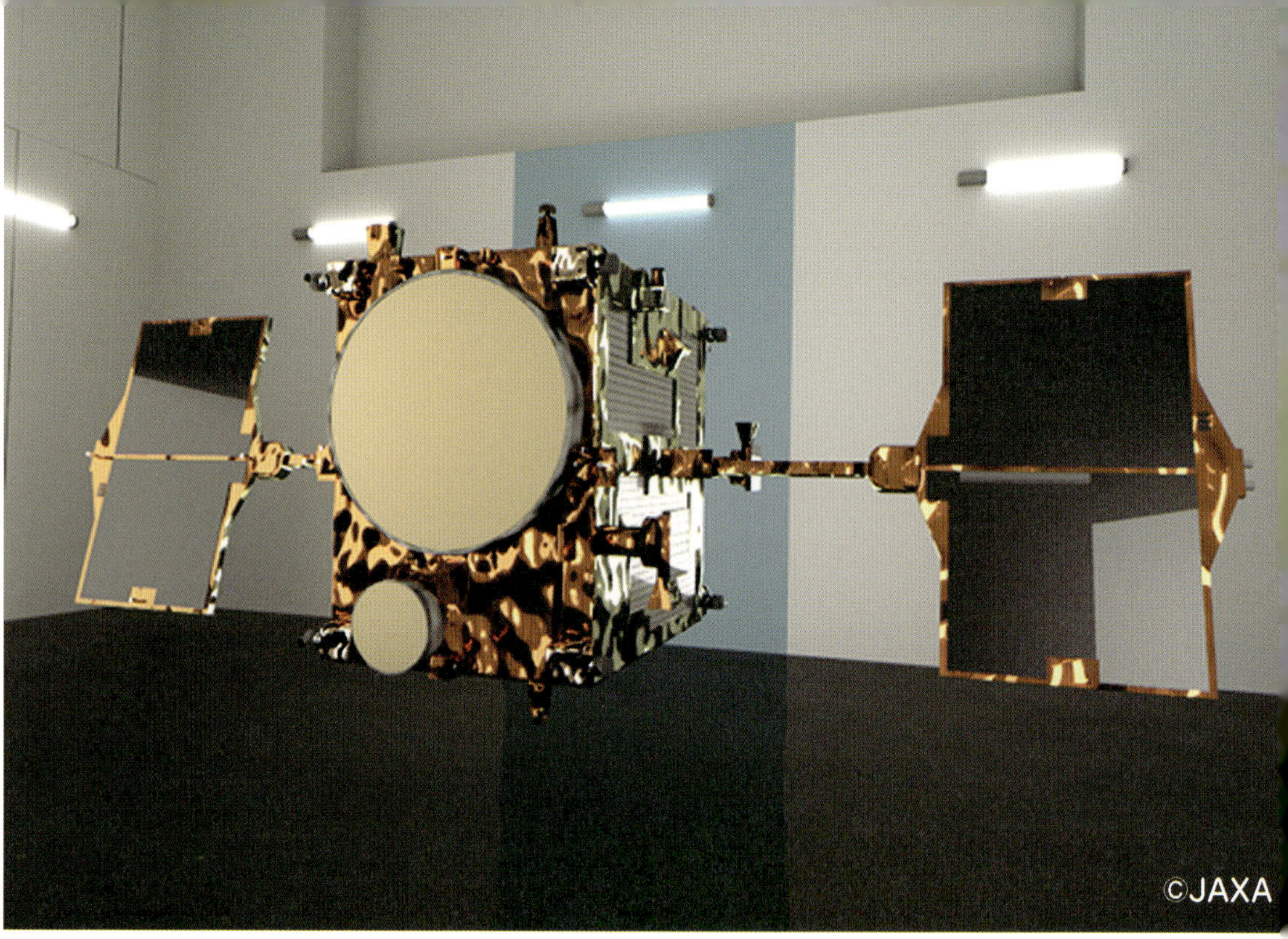

日焼《ひや》けした「あかつき」

地上《ちじょう》での実験写真《じっけんしゃしん》です。紫外線《しがいせん》による日焼《ひや》けで、白《しろ》かったアンテナは茶色《ちゃいろ》に、金色《きんいろ》だった服《ふく》は飴色《あめいろ》に変《か》わってしまいました。実物《じつぶつ》のあかつきも、このように日焼《ひや》けしていると考《かんが》えられます。

手作《てづく》りの実物大《じつぶつだい》「あかつき」

「あかつき」を応援《おうえん》する学生《がくせい》さんの手《て》作《づく》りです。あかつきプロジェクトチームには、今《いま》もファンからさまざまな手《て》作《づく》りあかつきくんが届《とど》いています。

写真中央《しゃしんちゅうおう》は、中村正人教授《なかむらまさときょうじゅ》。
ぐんま国際《こくさい》アカデミーのみなさんと。

もくじ

はじめに

ぼくは、金星探査機《きんせいたんさき》の『あかつき』。

宇宙《うちゅう》を旅《たび》して金星《きんせい》へ行《い》って、金星《きんせい》の周《まわ》りを飛《と》びながら天気《てんき》を調《しら》べる宇宙《うちゅう》船《せん》だよ。だから、『金星気象衛星《きんせいきしょうえいせい》』ともよばれている。

きみは、夕方《ゆうがた》の西《にし》の空《そら》で、一番星《いちばんぼし》を見《み》つけたことはある？　ほかの星《ほし》がまだ見《み》えないうちに、明《あか》るくかがやく一番星《いちばんぼし》が金星《きんせい》だよ。

金星《きんせい》は、夜明《よあ》け前《まえ》の東《ひがし》の空《そら》でも明《あか》るく見《み》える。ぼくの名前《なまえ》の『あかつき』は、金星《きんせい》がよく見《み》える明《あ》け方《がた》の時間帯《じかんたい》をさす言葉《ことば》なんだ。

地球《ちきゅう》と大《おお》きさや重《おも》さがにている金星《きんせい》は、昔《むかし》から『地球《ちきゅう》の双子星《ふたごぼし》』といわれてきた。ソ連《れん》（今《いま》のロシア）やアメリカの探査機《たんさき》が金星《きんせい》へ行《い》くまでは、地《ち》球《きゅう》の熱帯《ねったい》のような、水《みず》と緑《みどり》のある世界《せかい》だと考《かんが》えられていたんだって。

けれど、金星《きんせい》は地表《ちひょう》が四百六十度《ど》にもなる、暑《あつ》くかわいた星《ほし》なんだ。大《たい》気《き》のほとんどは二酸化炭素《にさんかたんそ》。空《そら》は『硫酸《りゅうさん》』（強《つよ》い酸性《さんせい》の液体《えきたい》で、皮《ひ》ふにつくとやけどをする）のぶあつい雲《くも》におおわれている。雲《くも》の上《うえ》の方《ほう》では時速《じそく》三百六十キロメートルの『スーパーローテーション』＊という、もうれつな風《かぜ》がふいているよ。

それに、自転軸《じてんじく》が逆立《さかだ》ちをしていて、地球《ちきゅう》とは逆向《ぎゃくむ》きに回《まわ》っている。自《じ》転《てん》にかかる時間《じかん》は、地球《ちきゅう》の二百四十三日《にち》。太陽《たいよう》を一周《しゅう》するのにかかる時間《じかん》は、地球《ちきゅう》の二百二十五日《にち》だよ。

地球《ちきゅう》の双子星《ふたごぼし》なのに、どうしてこんなに地球《ちきゅう》と環境《かんきょう》がちがうんだろう。そのなぞをとくために、これまで多《おお》くの宇宙船《うちゅうせん》が金星《きんせい》を冒険《ぼうけん》してきた。だけど、調《しら》べるとまた新《あたら》しいなぞが出《で》てきて、まだまだわからないことだらけなんだ。ぼくのミッション（仕事《しごと》）は、そのなぞをひとつでも多《おお》くときあかすことだよ！

じつは金星《きんせい》では、欧州宇宙機関《おうしゅううちゅうきかん》の宇宙船《うちゅうせん》ビーナス・エクスプレス（ぼくはＶＥＸ《ベックス》せんぱいとよぶね）が、二〇〇六年《ねん》からかつやくしている。ぼくが金星《きんせい》に着《つ》いたら、いっしょに金星《きんせい》のなぞにせまる予定《よてい》だよ。

さぁ、きみもぼくといっしょに、金星《きんせい》への旅《たび》に出《で》かけよう！

二〇一〇年《ねん》五月《がつ》　希望《きぼう》に燃《も》え打《う》ちあげを待《ま》つ　あかつき

＊「スーパーローテーション」については、101ページにくわしい説明《せつめい》があります。

1 金星《きんせい》に向《む》かって出発《しゅっぱつ》!

二〇一〇年《ねん》五月《がつ》二十一日《にち》。午前《ごぜん》六時《じ》五十八分《ぷん》。

ゴォーッという音《おと》とともに、ぼくが乗《の》ったH《エイチ》-ⅡA《ツーエー》ロケット17号機《ごうき》が、鹿児島県《かごしまけん》の種子島宇宙《たねがしまうちゅう》センターから打《う》ちあげられた。

「さようなら、地球《ちきゅう》のみんな!」

「うわぁ、すごいスピード!」

ぼくの声《こえ》に、イカロス君《くん》の声《こえ》がかさなった。イカロス君《くん》は、ぼくの下《した》の部屋《へや》に乗《の》っている、大《おお》きな帆《ほ》を持《も》つ宇宙船《うちゅうせん》。

「イカロス君《くん》、だいじょうぶ?」

「もちろん!」

「ぼくの上《うえ》では、もうロケットの頭《あたま》がひらいて、真《ま》っ暗《くら》な宇宙《うちゅう》と青《あお》い地球《ちきゅう》が見《み》えているよ!」

「わあ、いいなぁ。あ、スピードがあがったよ!」

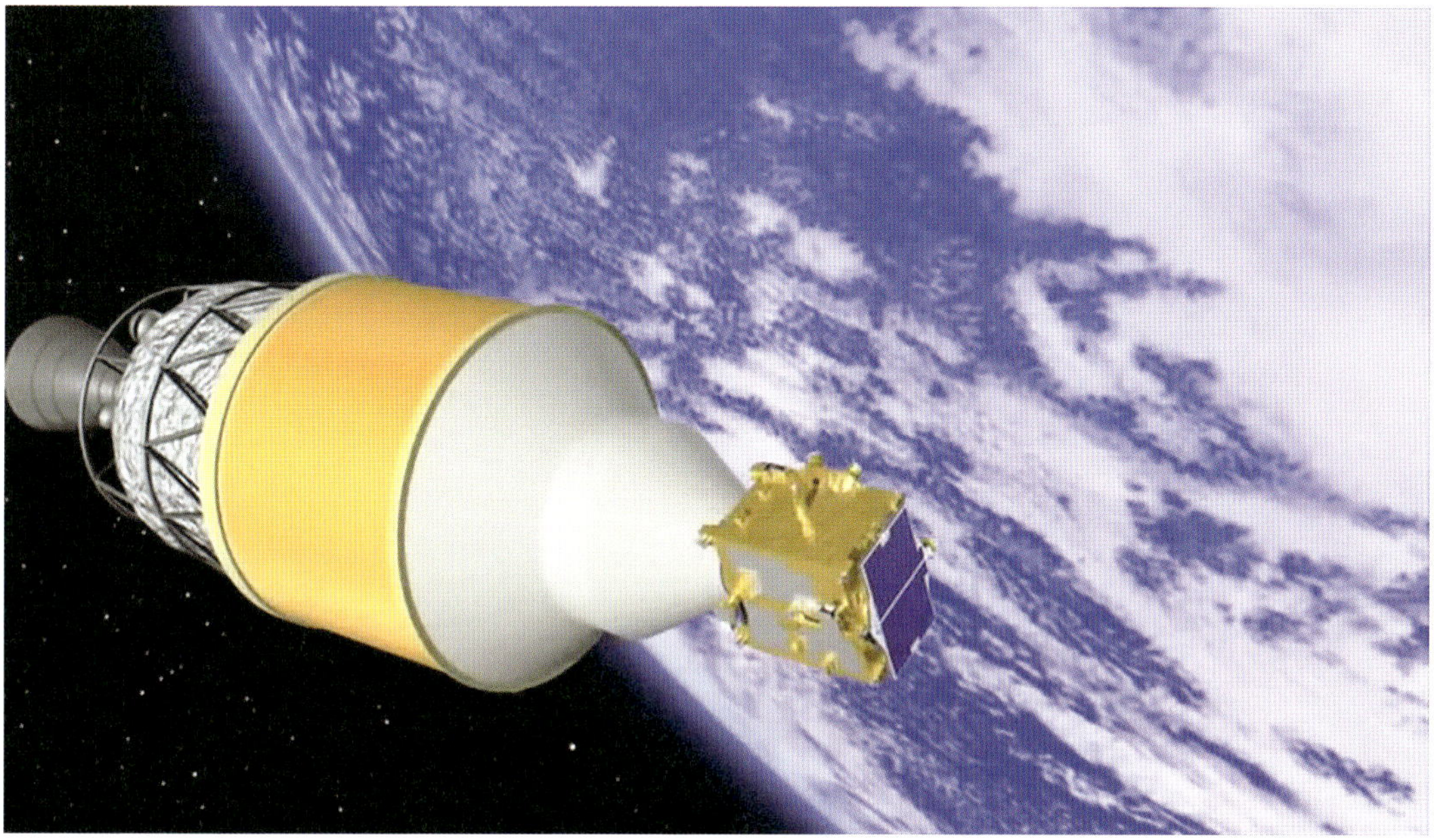

ロケットの頭《あたま》のカバーがひらいたところ　ロケットが回《かい》転《てん》しているので、地球《ちきゅう》と宇宙《うちゅう》の景色《けしき》を交互《こうご》に見《み》ながら、ロケットから飛《と》びだす時《とき》を待《ま》ちます。

　イカロス君《くん》の声《こえ》が、はずんでいる。

「下《した》のロケットを切《き》りはなして、スピードをあげたんだよ。H《エイチ》-ⅡA《ツーエー》ロケットで太陽《たいよう》を回《まわ》るコースまで打《う》ちあげられるのは、ぼくたちが日本《にほん》で最初《さいしょ》なんだって。イカロス君《くん》、おたがいにがんばろうね！」

「うん、がんばろう！」

　なかまがいるのって、とても心強《こころづよ》い。

　それに、ぼくの大好《だいす》きな、はやぶさ兄《にい》さんも宇宙《うちゅう》でがんばっている。はやぶさ兄《にい》

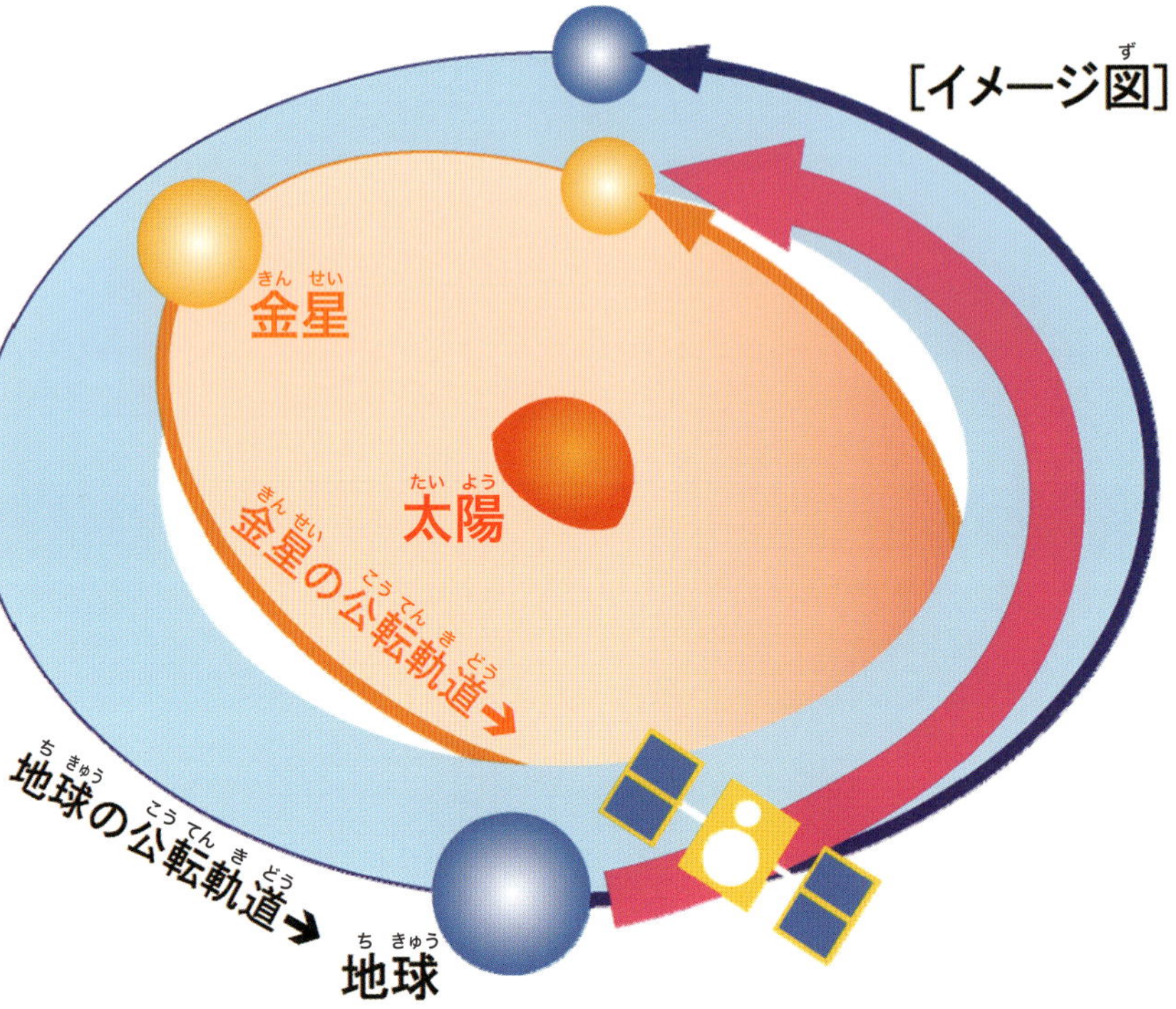

「あかつき」の金星《きんせい》までの道《みち》のり　金星《きんせい》の太陽《たいよう》を回《まわ》るコース面《めん》はかたむいているので、地球《ちきゅう》と同《おな》じ面《めん》になるタイミングで金星到着《きんせいとうちゃく》を目《め》ざします。

さんは、七年《ねん》も宇宙《うちゅう》を冒険《ぼうけん》した宇宙船《うちゅうせん》で、もうすぐ地《ち》球《きゅう》にもどるんだ。

打《う》ちあげから二十七分《ふん》がすぎたころ、H《エイチ》-Ⅱ《ツー》A《エー》ロケットは、地球《ちきゅう》を見《み》おろしながら、太陽《たいよう》を回《まわ》るコースにやってきた。

「さぁ、あかつき君《くん》、出発《しゅっぱつ》だ。金星《きんせい》のことをたくさん調《しら》べてくれよ！」

H《エイチ》-Ⅱ《ツー》A《エー》ロケットは、ぼくをプシュッと送《おく》りだしてくれた。

「ありがとう。行《い》ってきます！」

真《ま》っ暗《くら》な宇宙《うちゅう》で、ぼくの冒険《ぼうけん》がいよいよはじまる。

「それじゃあ、ぼくは金星《きんせい》に向《む》けて先《さき》に出発《しゅっぱつ》するよ。イカロス君《くん》もがんばってね！」

胸《むね》をワクワクさせながら、ぼくはイカロス君《くん》に声《こえ》をかけた。

「あかつき君《くん》、行《い》ってらっしゃい！　ボクもすぐあとから追《お》いかけるよ」

イカロス君《くん》の声《こえ》がロケットから聞《き》こえたけれど、ぼくはもう宇宙《うちゅう》をぐんぐん飛《と》んでいた。

さあ、まずは冒険《ぼうけん》の準備《じゅんび》をしなくっちゃ。

ぼくは、姿勢変更《しせいへんこう》エンジンという小型《こがた》の『ロケットエンジン』*を、プシュッ、プシュッとバランスよくふんしゃして姿勢《しせい》をととのえた。それから、太陽電池《たいようでんち》のついた少《すこ》し長《なが》いうで（太陽電池《たいようでんち》パドル）をウィーン、パタン、ウィーン、パタンとひらいた。ロケットの中《なか》では、うでをおりたたんでいたから、のばすことができてとても気持《きも》ちがいい。

これからは、太陽電池《たいようでんち》で太陽《たいよう》の光《ひかり》を電気《でんき》にかえて、ぼくのエネルギーにするよ。

＊「ロケットエンジン」については、96ページにくわしい説明《せつめい》があります。

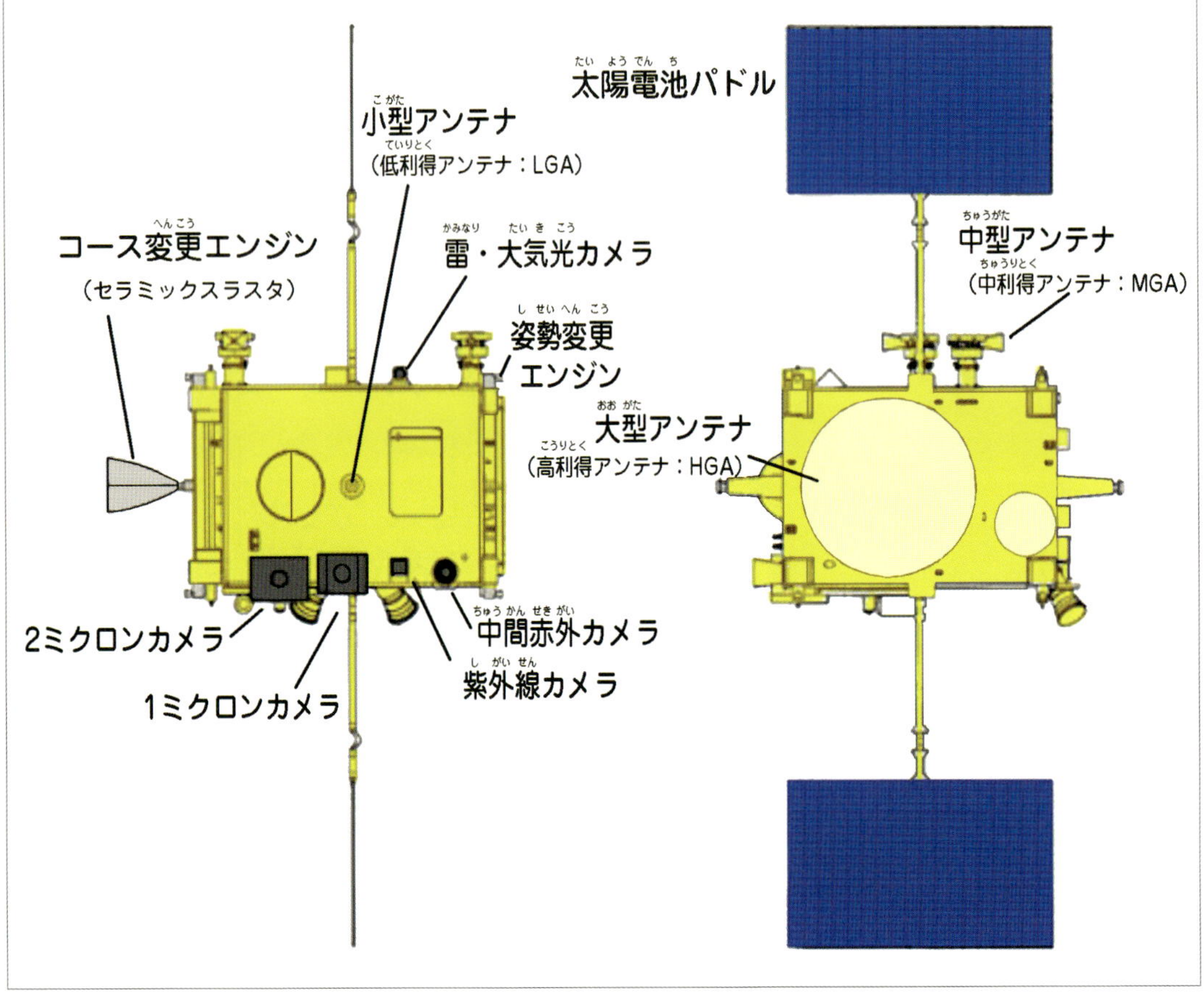

「あかつき」の各部《かくぶ》の名前《なまえ》と搭載機器《とうさいきき》　「あかつき」のおなか側《がわ》にあたるカメラ面《めん》（左《ひだり》）と、頭側《あたまがわ》にあたる大型《おおがた》（高利得《こうりとく》）アンテナ面《めん》（右《みぎ》）を正面《しょうめん》にした図《ず》です。

これが、うでをのばしたぼく！　両《りょう》うでを上下《じょうげ》にのばして飛《と》んでいくよ。準備完了《じゅんびかんりょう》。いよいよ、冒険《ぼうけん》のはじまりだ！

「こちら、あかつき。こちら、あかつき。聞《き》こえますか？」

午後四時《ごごじ》四十一分《ぷん》。ぼくの最初《さいしょ》の声《こえ》は、鹿児島県《かごしまけん》の内之浦《うちのうら》にあるアンテナから、神奈川県《かながわけん》のJAXA《ジャクサ》宇宙科学研究所《うちゅうかがくけんきゅうしょ》相模原《さがみはら》キャンパスにいる、ぼくのチームにつたえられた。

朝《あさ》、種子島《たねがしま》で打《う》ちあげを見守《みまも》ってくれた人《ひと》たちも、相模原《さがみはら》にいると聞《き》いてびっくりした。ぼくの最初《さいしょ》の声《こえ》を聞《き》くために、急《いそ》いで飛行機《ひこうき》でもどって待《ま》っていてくれたんだって！　うれしいな。

「あかつき、これからの指令《しれい》は、相模原《さがみはら》の管制室《かんせいしつ》から送《おく》るよ。いっしょにがんばっていこう。キミのコースを正確《せいかく》にはかってから、そのあと追加《ついか》で姿勢変更《しせいへんこう》エンジンをふんしゃするかどうか、指令《しれい》を出《だ》すからね」

「はい、りょうかいです！」

ぼくは、元気《げんき》よく返事《へんじ》をした。

次《つぎ》の指令《しれい》をドキドキしながら待《ま》っていると、しばらくして相模原《さがみはら》から連絡《れんらく》がきた。

「あかつき、姿勢変更《しせいへんこう》エンジンの追加《ついか》のふんしゃは必要《ひつよう》なくなった」

「えっ、ふんしゃしないでいいの？」

「そうだ。H《エイチ》-ⅡA《ツーエー》ロケットが、とても正確《せいかく》にキミを宇宙《うちゅう》へ送《おく》りだしてくれたんだ。もう地球《ちきゅう》から二十五万《まん》キロも飛《と》んだよ。しばらくはこのまま飛《と》んでくれ」

「はい、りょうかいです！」

（H《エイチ》-ⅡA《ツーエー》ロケットさんは、すごいなぁ！）

「それと、そこから地球《ちきゅう》の写真《しゃしん》をとってほしい。『*五台《だい》のカメラ』のうち、紫外線《しがいせん》カメラ、1ミクロンカメラ、中間赤外《ちゅうかんせきがい》カメラを使《つか》ってくれ」

「はいっ、まかせて！」

ぼくは、はりきって返事《へんじ》をした。カメラを使《つか》って初《はじ》めてのミッションだ！

ぼくの体《からだ》には、五種類《しゅるい》のカメラがついている。それぞれ役割《やくわり》があって、ちがう写真《しゃしん》がとれるようになっているんだ。その中《なか》で、硫酸《りゅうさん》の雲《くも》を調《しら》べる紫外線《しがいせん》カメラ（UVI《ユーブイアイ》）、地表《ちひょう》を調《しら》べる1ミクロンカメラ（IR1《アイアールワン》）、雲《くも》の温度《おんど》を調《しら》べる中間赤外《ちゅうかんせきがい》カメラ（LIR《エルアイアール》）が今日《きょう》の出番《でばん》だ。

打《う》ちあげから一日《にち》もたっていないのに、地球《ちきゅう》はだいぶ小《ちい》さくなっていた。ぼくは地球《ちきゅう》をふりかえるようにカメラを向《む》けると、カシャッと写真《しゃしん》をとって、データを送《おく》った。うまくうつっていてほしい。

そうそう、ぼくが地球《ちきゅう》と最初《さいしょ》に連絡《れんらく》をとった三十分《ぷん》くらいあと、イカロス君《くん》もチームと連絡《れんらく》がついたそうだ。無事《ぶじ》でよかった。

五月《がつ》二十三日《にち》には、ぼくが初《はじ》めてとった写真《しゃしん》が公開《こうかい》された。

「あかつき」が撮影《さつえい》した地球《ちきゅう》　2010年《ねん》5月《がつ》21日《にち》に「あかつき」が地球《ちきゅう》をふりかえって撮影《さつえい》した中間赤外《ちゅうかんせきがい》カメラの写真《しゃしん》。地球《ちきゅう》との距離《きょり》は、およそ25万《まん》キロメートルです。

紫外線《しがいせん》カメラと1ミクロンカメラでとった地球《ちきゅう》は、細《ほそ》くかけた月《つき》のようにうつって（4ページの写真参照《しゃしんさんしょう》）、中間赤外《ちゅうかんせきがい》カメラでは地球全体《ちきゅうぜんたい》の雲《くも》のようすがうつったって。目《め》で見《み》える景色《けしき》をとるカメラとはちがうから、これでちゃんととれているんだよ。

六月《がつ》十日《か》には、いっしょに宇《う》

＊「五台《だい》のカメラ」については、97ページにくわしい説明《せつめい》があります。

宙《ちゅう》へきたイカロス君《くん》が、大《おお》きな四角《しかく》い帆《ほ》を広《ひろ》げて、世界初《せかいはつ》の宇宙《うちゅう》ヨットになった。イカロス君《くん》、すごいなぁ！　ぼくも金星《きんせい》に着《つ》いたら、がんばらなくちゃ！

六月《がつ》十三日《にち》には、はやぶさ兄《にい》さんが地球《ちきゅう》に帰《かえ》った。でも、本当《ほんとう》に地球《ちきゅう》にもどったのは、イトカワという星《ほし》のかけらが入《はい》ったカプセルだけ。はやぶさ兄《にい》さんは、カプセルをとどけたあと、月《つき》より明《あか》るい流《なが》れ星《ぼし》になったそうだ。

ぼくは、はやぶさ兄《にい》さんの基本《きほん》システムを受《う》けついでいる。本当《ほんとう》のお兄《にい》さんのように思《おも》っていたからとてもさみしい。体《からだ》が故障《こしょう》しても、迷子《まいご》になっても、最後《さいご》までがんばったはやぶさ兄《にい》さんは、ぼくのお手本《てほん》。ぼくも、どんな時《とき》もくじけず、あきらめない、強《つよ》い宇宙船《うちゅうせん》になってみせるぞ。

2 セラミックスラスタでコース変更《へんこう》にチャレンジ!

六月《がつ》二十八日《にち》。

「あかつき、今日《きょう》はいよいよキミの『セラミックスラスタ』*のふんしゃテストをするよ」

相模原《さがみはら》から、待《ま》ちに待《ま》った指令《しれい》がきた。

「はい!　いよいよだね」

ぼくは、はりきって答《こた》えた。

セラミックスラスタを持《も》っている宇宙船《うちゅうせん》は、ぼくが世界《せかい》で最初《さいしょ》!　チームの期待《きたい》にこたえられるよう、がんばるぞ!

「十二月《がつ》に金星《きんせい》に着《つ》いたら、金星《きんせい》を回《まわ》るコースに入《はい》るために使《つか》う、大事《だいじ》なエンジンだ。がんばれよ!」

「はい!　まかせて!」

「金星《きんせい》へ行《い》くコースからはずれてしまうといけないから、短《みじか》い時間《じかん》、正確《せいかく》

*「セラミックスラスタ」については、97ページにくわしい説明《せつめい》があります。

には十三秒間《びょうかん》だけふいてほしい」

「はい！」

ぼくは、少《すこ》しきんちょうしながら、セラミックスラスタをゴーッとふんしゃした。すーっと、ぼくの体《からだ》が下向《したむ》きに動《うご》く。うん、だいじょうぶだ。

「……11、12、13！　ふきおわったよ！」

「おつかれさま。結果《けっか》を調《しら》べて知《し》らせるからね」

「りょうかい！」

ふう。またひとつミッションが無事《ぶじ》に終《お》わった。

七月《がつ》六日《か》には、テストの結果《けっか》が出《で》た。

「あかつき！　六月《がつ》二十八日《にち》の試験《しけん》は大成功《だいせいこう》だった！　キミは、世界《せかい》で初《はじ》めてセラミックスラスタを宇宙《うちゅう》でふいた宇宙船《うちゅうせん》だよ！」

「わぁ、よかった。ありがとう‼」

ぼくにも、世界初《せかいはつ》の記録《きろく》ができた。すごく、すごくうれしい！

時間《じかん》はあっという間《ま》にすぎていった。八月《がつ》には、ぼくの位置《いち》を、より正《せい》確《かく》にはかる機械《きかい》のテストをした。九月《がつ》から十月《がつ》にかけては、カメラのテストで、星座《せいざ》や、もう点《てん》にしか見《み》えない地球《ちきゅう》と月《つき》を写真《しゃしん》にとった。反対《はんたい》に、金星《きんせい》はどんどん明《あか》るくなってきたよ。

十月《がつ》二十八日《にち》には、太陽《たいよう》の光《ひかり》からカメラを守《まも》るために、体《からだ》の向《む》きを三回《かい》変《か》えて逆立《さかだ》ちをした。こんなに大《おお》きく姿勢《しせい》を変《か》えたのは初《はじ》めてだし、景色《けしき》が逆《さか》さまになって、ふしぎな感《かん》じがしたなぁ。

十一月《がつ》八日《か》。金星到着《きんせいとうちゃく》まで、あと一か月《げつ》を切《き》った。

「あかつき、今日《きょう》と、二十二日《にち》、十二月一日《がっついたち》の三回《かい》、姿勢変更《しせいへんこう》エンジンをふくよ。金星《きんせい》を回《まわ》るコースへ入《はい》る準備《じゅんび》をするからね」

「はい！」

ぼくは、十二月《がつ》七日《か》に、太陽《たいよう》を回《まわ》るコースから金星《きんせい》を回《まわ》るコースへ、コース変更《へんこう》する。コース変更《へんこう》はとてもむずかしいチャレンジだ。ほんの少《すこ》しでも進《すす》む向《む》きや速度《そくど》をまちがえると、金星《きんせい》にはじきとばされたり、金星《きんせい》に落《お》ちてしまうこともある。絶対《ぜったい》に成功《せいこう》させるぞ。

「今日《きょう》は二十一秒《びょう》、二十二日《にち》に二・一秒《びょう》、十二月一日《がっついたち》に〇・四秒《びょう》だ。それと、十一月《がつ》十日《か》には、キミが十二月《がつ》七日《か》にひとりでコース変更《へんこう》できるようプログラムを教《おし》えるよ。そして、十一月《がつ》十二日《にち》がリハーサルだ」

「はいっ！」

ぼくは、決《き》められた通《とお》りに、姿勢変更《しせいへんこう》エンジンをスプレーのようにプシュッとふいたり、プログラムをもらったり、ひとつひとつミッションをこなしていった。リハーサルもばっちり成功《せいこう》したよ。

そして、十二月《がつ》五日《か》。金星《きんせい》を回《まわ》るコースへ入《はい》る時《とき》の予定表《よていひょう》をもらった。セラミックスラスタのふんしゃのとちゅうで、地球《ちきゅう》が金星《きんせい》の向《む》こう側《がわ》にかくれて、日本《にほん》との連絡《れんらく》がとれなくなるからなんだ。十二月《がつ》六日《か》には、セラミックスラスタを金星《きんせい》に向《む》けてふけるように姿勢《しせい》を変《か》えた。

これで、全部《ぜんぶ》の準備《じゅんび》が完了《かんりょう》だ！

金星《きんせい》まであと三十万《まん》キロ。五月《がつ》二十一日《にち》に写真《しゃしん》をとった時《とき》の地球《ちきゅう》と同《おな》じくらいの大《おお》きさで、半月状《はんげつじょう》の金星《きんせい》が明《あか》るくかがやいているよ！

明日《あした》はがんばるぞ！

二〇一〇年《ねん》十二月《がつ》七日《か》。

「あかつき、おはよう。今日《きょう》はいよいよ金星《きんせい》を回《まわ》るコースに入《はい》る日《ひ》だ。調《ちょう》子《し》はどうかな？」

「きんちょうしているけど、調子《ちょうし》はいいよ！」

「大勢《おおぜい》の人《ひと》が、日本《にほん》でキミの金星到着《きんせいとうちゃく》を応援《おうえん》しているからね。ビーナスエクスプレスからも、『あかつき君《くん》ようこそ！　無事《ぶじ》に着《つ》きますように』ってメッセージがとどいているよ」

「わぁ、うれしいな。ぼく、がんばるよー！」

それに、二十六万人《まんにん》以上《いじょう》のメッセージやイラストがおさめられたプレートが、ぼくの体《からだ》についている。大事《だいじ》なお守《まも》りだ。

（応援《おうえん》してくれているみんな、今《いま》から集中《しゅうちゅう》してがんばるね！）

金星《きんせい》は、ものすごく大《おお》きく、白《しろ》くかがやいて見《み》える。今日《きょう》から、この星《ほし》の気象衛星《きしょうえいせい》になるんだと思《おも》ったら、わくわくしてきた。

「あかつき、五日《か》に送《おく》った予定表通《よていひょうどお》りにやるんだよ。セラミックスラスタのふんしゃ中《ちゅう》に、地球《ちきゅう》と連絡《れんらく》がとれなくなるけれど、十一分《ぷん》くらいで復活《ふっかつ》するからね。たのんだぞ！」

「りょうかいっ！」

手《て》をのばせばとどきそうなくらい、金星《きんせい》は近《ちか》くて大《おお》きい。写真《しゃしん》をとれる向《む》きじゃないのが残念《ざんねん》だけど、今《いま》は金星《きんせい》を回《まわ》るコースに入《はい》ることだけを考《かんが》えよう。

そして、午前《ごぜん》八時《じ》四十九分《ふん》。

「セラミックスラスタ、ふんしゃするよ！」

ぼくは、金星《きんせい》に向《む》けてゴーッ！　と、コース変更《へんこう》エンジンのふんしゃを開始《かいし》した。太陽《たいよう》を回《まわ》るコースから金星《きんせい》を回《まわ》るコースへ入《はい》るには、ブレーキをかけてスピードを落《お》とす必要《ひつよう》があるんだ。

ブレーキをかける時間《じかん》は十二分間《ふんかん》。四日間《かかん》で金星《きんせい》を一周《しゅう》するコースに入《はい》る予定《よてい》だ。そのあと、九日《か》、十一日《にち》、十三日《にち》にもセラミックスラスタをふんしゃして、最終的《さいしゅうてき》に三十時間《じかん》で金星《きんせい》を一周《しゅう》するコースに入《はい》るよ。

（絶対《ぜったい》、成功《せいこう》させるぞ！）

午前《ごぜん》八時《じ》五十分《ぷん》四十三秒《びょう》。

地球《ちきゅう》が金星《きんせい》の向《む》こう側《がわ》にかくれて、日本《にほん》からの連絡《れんらく》がとぎれた。

（予定通《よていどお》りだ。十一分《ぷん》たったら、日本《にほん》とまた会話《かいわ》ができる……）

ぼくは、気持《きも》ちを落《お》ちつけて、エンジンをふんしゃしつづけた。よし、

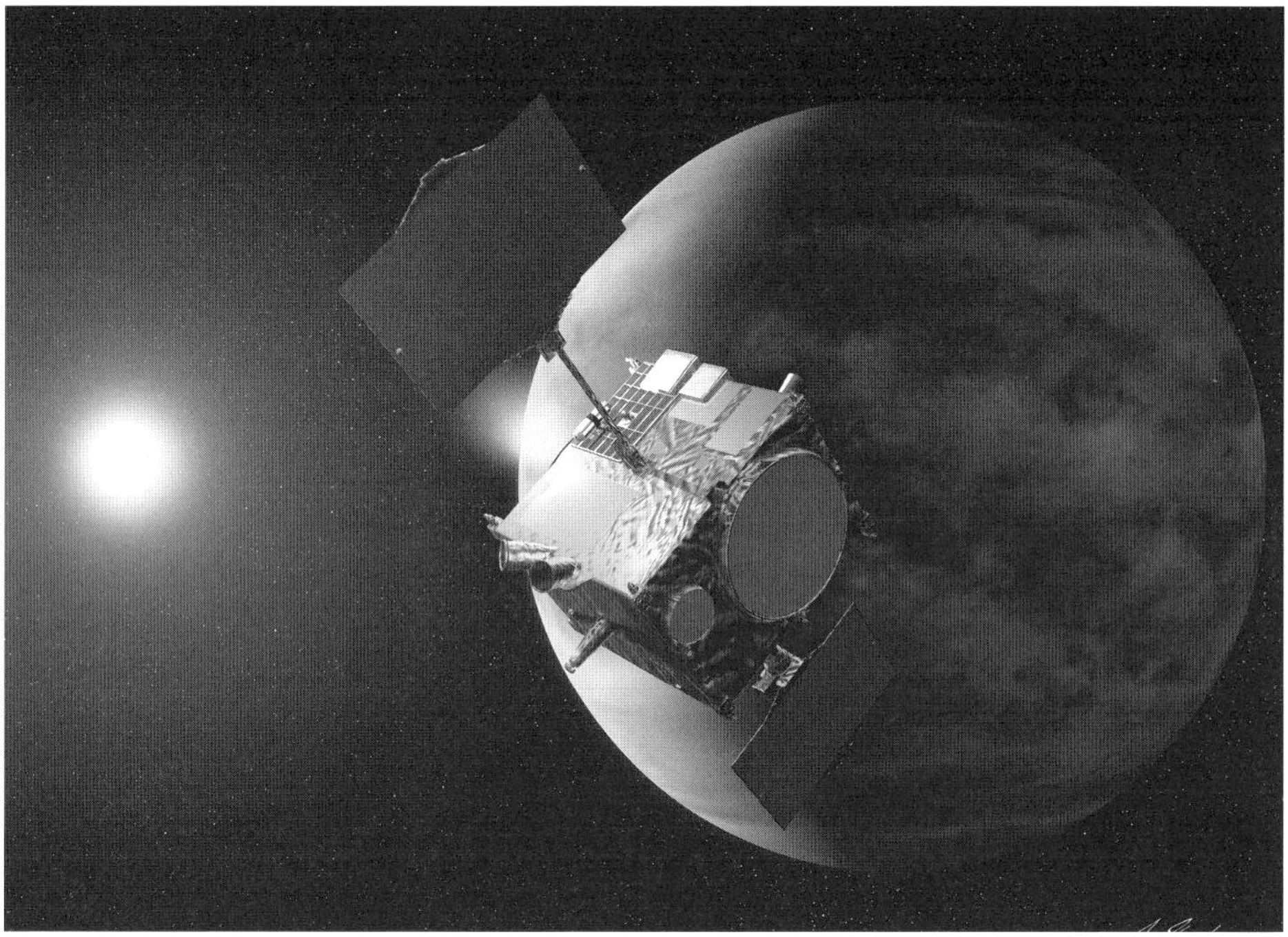

セラミックスラスタをふんしゃする「あかつき」　金星《きんせい》を回《まわ》るコースに入《はい》るために、セラミックスラスタをふんしゃする「あかつき」。左《ひだり》にかがやく星《ほし》は太陽《たいよう》です。

イラスト：池下章裕《いけしたあきひろ》

少《すこ》しずつブレーキがかかっているぞ！

　エンジンのふんしゃをはじめて二分《ふん》三十秒《びょう》たった時《とき》……。

「いたいっ！」

　とつぜん、ドン！　と、おしりをつきとばされたような衝撃《しょうげき》と、するどい痛《いた》みを感《かん》じた。

「あ、あ、あーーっ!!」

3　絶体絶命《ぜったいぜつめい》の大《だい》ピンチ！

ぼくの体《からだ》は、ぐらんとかたむいて、バランスを大《おお》きくくずしてしまった。しかも、セラミックスラスタのふんしゃが弱《よわ》くなっている!?　いったいどうしちゃったんだろう？

けれど、どうしてもゴーッという力強《ちからづよ》いふんしゃにもどらない。シュゴゴと、たよりなくガスが出《で》ているだけだ。まだ、ふんしゃ時間《じかん》のとちゅうなのに！

何《なに》がおきたのかわからないまま、ぼくは予定《よてい》のコースとはちがう方向《ほうこう》へ、どんどん進《すす》んでしまっていた。

(金星《きんせい》からはなれていっちゃうよ！　どうしよう！　どうしよう！　どうしよう!?)

そうだ！　とにかく、まず姿勢《しせい》をもどさなくちゃ！

ぼくは、体《からだ》の上下《じょうげ》に四つずつついている、姿勢変更《しせいへんこう》エンジンを、スプ

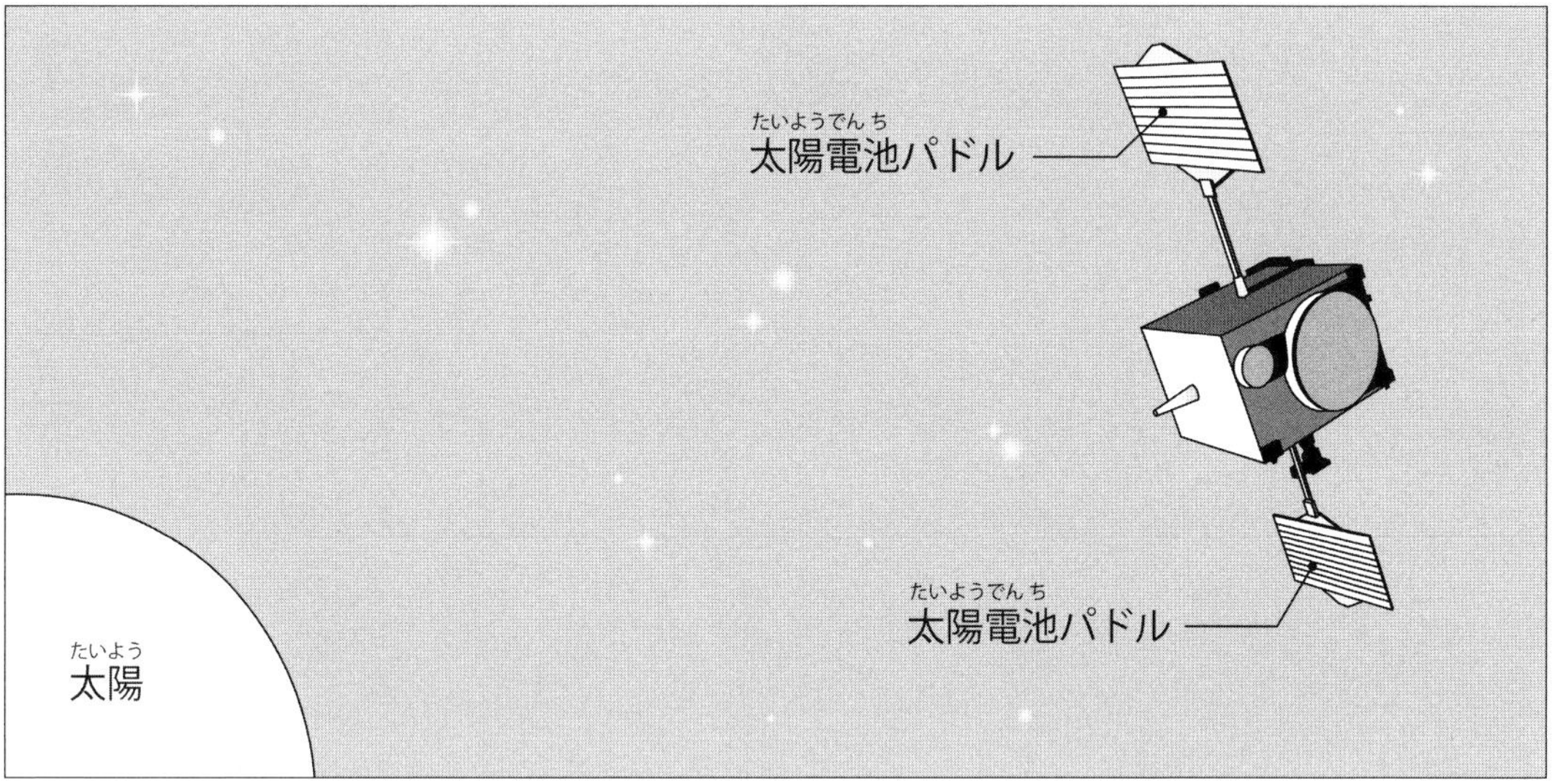

安全《あんぜん》モードになった「あかつき」（イメージ図《ず》） カメラを太陽光《たいようこう》から守《まも》るために太陽《たいよう》に背《せ》中《なか》を向《む》けます。電気《でんき》を作《つく》るために太陽電池《たいようでんち》パドルも太陽《たいよう》に向《む》け、「あかつき」全体《ぜんたい》が回転《かいてん》することで、姿勢《しせい》を安定《あんてい》させます（小型《こがた》アンテナがコマの回転軸《かいてんじく》になるようなイメージ）。

レーのようにプシュプシュふいた。けれど、うまくバランスがとれない。

　このままだと、燃料《ねんりょう》を使《つか》いすぎちゃう……。

（もう燃料《ねんりょう》をムダにできない。しかたない、最終手段《さいしゅうしゅだん》だ）

　ぼくは、燃料《ねんりょう》タンクのじゃぐちをキュッとしめた。これで、燃料《ねんりょう》がへる心配《しんぱい》はなくなった。

　それから、姿勢《しせい》を安全《あんぜん》モードに切《き》りかえた。この姿勢《しせい》は、きんきゅうの時《とき》だけに使《つか》う省《しょう》エネモード。

　ぼくは、太陽電池《たいようでんち》パドルと背《せ》中《なか》を太陽《たいよう》に向《む》けて、一分《ぷん》に一回《かい》転《てん》の速《はや》さで、くるりくるりと回《まわ》りはじめた。背中《せなか》の小型《こがた》アンテナが、コマの軸《じく》のようなかっこうだ。これで、太陽電池《たいようでんち》に太陽《たいよう》の光《ひかり》があたりつづけるし、姿勢《しせい》も安定《あんてい》する。

とにかく、チームのみんなに連絡《れんらく》を入《い》れなくちゃ。早《はや》く地球《ちきゅう》が金星《きんせい》の陰《かげ》から出《で》てきてほしい。

午前《ごぜん》九時《じ》十二分《ふん》二秒《びょう》。

ようやく日本《にほん》との通信《つうしん》が復活《ふっかつ》する時間《じかん》になった。

（こちら、あかつき！　こちら、あかつき！　聞《き》こえますか？　こちら、あかつき！　こちら、あかつき！）

ぼくは、通信《つうしん》しやすいように回転《かいてん》スピードを落《お》としていった。けれど、どこからも、だれからも、返事《へんじ》はこなかった。

（迷子《まいご》になったんだ……）

ショックだったけれど、はやぶさ兄《にい》さんのことを思《おも》いだして落《お》ちつくことができた。兄《にい》さんも迷子《まいご》になったけれど、ちゃんと復活《ふっかつ》した。ぼくのチームの人《ひと》たちも、絶対《ぜったい》に見《み》つけてくれる。

（こちら、あかつき。こちら、あかつき。聞《き》こえますか？）

三十分《ぷん》すぎても、返事《へんじ》はなかった。

やがて、ぼくに金星《きんせい》の陰《かげ》がどんどんせまってくるのが見《み》えた。もうすぐ*『日陰帯《にちいんたい》』だ。太陽《たいよう》の光《ひかり》があたっていない金星《きんせい》の夜側《よるがわ》に、ぼくはすっぽり入《はい》ってしまう。

太陽《たいよう》の光《ひかり》があたらないから、太陽電池《たいようでんち》で電気《でんき》がつくれなくなる。だから、陰《かげ》の中《なか》にいる間《あいだ》は、バッテリー（充電池《じゅうでんち》）で体《からだ》を動《うご》かさなきゃならない。

太陽電池《たいようでんち》からバッテリーへの切《き》りかえは、日本《にほん》と連絡《れんらく》をとってからの予定《よてい》だったのに……。連絡《れんらく》がとれないまま、陰《かげ》の中《なか》に入《はい》るのは少《すこ》し不安《ふあん》だけれど、そんなことはいっていられない。

ぼくひとりで、切《き》りかえなくちゃ。太陽電池《たいようでんち》からバッテリーへの切《き》りかえ方《かた》は、ちゃんと習《なら》っているんだから。

（だいじょうぶ、ぼくにはできる！）

ぼくは、自分《じぶん》にいいきかせた。予定《よてい》では、午前《ごぜん》九時《じ》三十六分《ぷん》に陰《かげ》に入《はい》るはずだったけれど、ぼくが陰《かげ》の中《なか》に入《はい》ったのは、九時《じ》五十五分《ふん》だった。

（バッテリーに切《き》りかえだ、それ！）

＊「日陰帯《にちいんたい》」については、98ページにくわしい説明《せつめい》があります。

陰《かげ》に入《はい》ったとたん、それまで百度《ど》もあった太陽電池《たいようでんち》パネルの温度《おんど》は、一《いっ》気《き》にマイナス百度《ど》までさがった。

でも、ぼくの体《からだ》を温《あたた》めるヒーターはちゃんと動《うご》いている。よかった、バッテリーへの切《き》りかえは成功《せいこう》だ！

ただ、四分《ぷん》で通《とお》りぬける予定《よてい》だったのに、長《なが》い陰《かげ》から、なかなか出《で》られない。うでの太陽電池《たいようでんち》が冷《つめ》たくて、じんじんする。

午前《ごぜん》十時《じ》二十六分《ぷん》。

「……か、つき！……、あかつき！」

ぼくが持《も》っている大《だい》・中《ちゅう》・小《しょう》の『三種類《しゅるい》のアンテナ』*のうち、小型《こがた》アンテナに、日本《にほん》からの声《こえ》がとどいた！　本当《ほんとう》は、中型《ちゅうがた》アンテナで連絡《れんらく》するはずだったけれど……。とにかく、見《み》つけてもらえてよかった！

「こちら、あかつき。こちら、あかつき、聞《き》こえますか？」

「あ、かつき、だい、じょ、うぶ、か？」

アンテナから聞《き》こえる声《こえ》の調子《ちょうし》が、あまりよくない。

「今《いま》、安全《あんぜん》モードです。どうすればいいかな？」

「あか、つきの、声《こえ》は、聞《き》こえ、るが、早口《はやくち》、でなに、を、いってい、るか、わから、ない、もう、少《すこ》し、ゆっく、り、話《はな》し、て、くれ」

「日陰帯《にちいんたい》にいます。どうすればいい？」

「なに、を、いって、いる、か、わか、らない」

「こちら、あかつき。こちら、あかつき。聞《き》こえますか？」

うまく会話《かいわ》できない、じれったい時間《じかん》がしばらく続《つづ》いた。そして、午前《ごぜん》十一時《じ》四分《ぷん》、ようやくぼくは陰《かげ》を通《とお》りぬけた。四分《ぷん》のはずが、一時間《じかん》もかかっていた。

ぼくが金星《きんせい》から遠《とお》ざかっていることを、早《はや》く日本《にほん》に知《し》らせて、金星《きんせい》にもどしてもらう方法《ほうほう》を教《おし》えてもらわなくちゃ！

午後《ごご》二時《じ》四分《ぷん》。日本《にほん》からの声《こえ》がとどかない時間《じかん》になって、スペインのアンテナが、日本《にほん》とのやりとりをつないでくれた。

「MG《エムジー》、A《エー》、が、うま、く地《ち》、球《きゅう》に、向《む》くよ、う角《かく》、度《ど》を、変《か》え、てくれ」

「はい、やってみます！」

MGA《エムジーエー》は、中型《ちゅうがた》アンテナのこと。それに、今《いま》は回転《かいてん》スピードも、十分間《ぷんかん》

＊「三種類《しゅるい》のアンテナ」については、99ページにくわしい説明《せつめい》があります。

で一回転《かいてん》に落《お》ちついている。ぼくは、MGA《エムジーエー》の角度《かくど》を変《か》えて、地球《ちきゅう》を向《む》くようにした。

「MGA《エムジーエー》の向《む》きを、変《か》えました！」

「アン、テナを、M《エム》、GA《ジーエー》、に、切《き》りか、えて、くれ」

「はいっ！」

ぼくは、地球《ちきゅう》からの声《こえ》を受《う》けとるアンテナを、小型《こがた》から、中型《ちゅうがた》に切《き》りかえた。

「アンテナを切《き》りかえました！　聞《き》こえますか？」

「うまく、聞《き》こえない。キミが安全《あんぜん》モードで回転《かいてん》しているから、十分間《ぷんかん》のうち四十秒《びょう》しか、こちらにキミの声《こえ》がとどかない……」

とりあえず、ぼくが安全《あんぜん》モードで回《まわ》っていることはわかったみたいだ。

ほっと一安心《ひとあんしん》したけれど、地球《ちきゅう》からの声《こえ》は、それきり聞《き》こえなくなってしまった。

また迷子《まいご》になってしまったのかなぁ。遠《とお》ざかっていく金星《きんせい》を見《み》ながら、ぼくはくりかえし地球《ちきゅう》に向《む》かってよびかけた。

「こちら、あかつき。こちら、あかつき。聞《き》こえますか？」

二十三時《じ》二十四分《ぷん》。

「あかつき、聞《き》こえるか？」

とつぜん、地球《ちきゅう》からの声《こえ》がとどいた。今度《こんど》は、アメリカのアンテナが、日本《にほん》からの声《こえ》をつないでくれた。

「はい、聞《き》こえます！　こちら、あかつき。こちら、あかつき」

よかった！　ぼくはうれしくて、いっしょうけんめいに答《こた》えた。

「無事《ぶじ》だね？　よし！　まず、キミの場所《ばしょ》と速《はや》さをはかって、飛《と》んでいるコースを正確《せいかく》に調《しら》べよう。これから二十四時間態勢《じかんたいせい》で、キミの状態《じょうたい》を確認《かくにん》するよ」

「りょうかい！」

ぼくは飛《と》んでいるコースを確認《かくにん》するためのデータを送《おく》りはじめた。

とても長《なが》かった十二月《がつ》七日《か》が、終《お》わろうとしていた。

４　二度目《どめ》のチャレンジにのぞみをかけて

二〇一〇年《ねん》十二月《がつ》八日《か》になった。

「あかつき、安全《あんぜん》モードから、いつもの姿勢《しせい》にもどしていくよ」

「はいっ」

ぼくは、ゆっくりゆっくり、時間《じかん》をかけて姿勢《しせい》をもどしていった。大型《おおがた》アンテナを地球《ちきゅう》の方向《ほうこう》に向《む》けて、きのうのぼくのデータを、どんどん地球《ちきゅう》に送《おく》れるようにするんだ。

午前《ごぜん》四時《じ》四十分《ぷん》には、長野県《ながのけん》の臼田《うすだ》のアンテナと、じかに話《はな》すことができるようになった。

「あかつき……」

「はいっ！」

「……キミの飛《と》んでいるコースがわかった。残念《ざんねん》だが金星《きんせい》を回《まわ》るコースには入《はい》っていない。金星《きんせい》の少《すこ》し内側《うちがわ》で太陽《たいよう》を回《まわ》っている」

やっぱり……。どんどん金星《きんせい》からはなれているのは、金星《きんせい》を通《とお》りすぎちゃったからなんだ。

「今《いま》からセラミックスラスタをふけばいい？　金星《きんせい》を回《まわ》るコースには、もどれるんでしょう？」

「いや、もう今《いま》からでは金星《きんせい》を回《まわ》るコースには入《はい》れない。短《みじか》くても九分《ふん》二十秒《びょう》、セラミックスラスタをふきつづける必要《ひつよう》があったんだ」

「ぼくは、二分《ふん》三十秒《びょう》しかふけてないよ……」

「だから、今《いま》から残《のこ》りの推進剤《すいしんざい》、全部使《ぜんぶつか》ってセラミックスラスタをふいても、たりないんだ。本当《ほんとう》に残念《ざんねん》だが、今回《こんかい》はあきらめるほかない」

あきらめる？　それじゃ、ぼくのミッションは、もうおしまいってこと？　どうしよう、どうしよう、どうしよう!!

「金星気象衛星《きんせいきしょうえいせい》にはなれないまま、ぼくはここで終《お》わるの？　ミッションは、もうもらえないの？」

ぼくは、なきたい気持《きも》ちをぐっとこらえて聞《き》いた。ぼくは、金星《きんせい》を調《しら》べるために宇宙《うちゅう》へやってきた。どうにかして、金星《きんせい》にたどりつかなくちゃ！

「もちろん、ちがう。今《いま》の太陽《たいよう》を回《まわ》るコースは、二〇一六年《ねん》十二月《がつ》から二

○一七年《ねん》一月《がつ》にかけて、また金星《きんせい》に近《ちか》づくんだ。その時《とき》に、もう一度《ど》チャレンジしたいと思《おも》っている」

目《め》の前《まえ》が、急《きゅう》にぱぁっと明《あか》るくなったような気《き》がした。

「ほ、本当《ほんとう》？　わかった、あと六年《ねん》だね！　でも、あれ？　ぼくの寿命《じゅみょう》は四年半《ねんはん》だよね？　六年後《ねんご》まで、ぼく、だいじょうぶかな？」

ほんのちょっぴり、不安《ふあん》が声《こえ》に出《で》てしまった。

「たしかに、キミの設計寿命《せっけいじゅみょう》は四年半《ねんはん》だ。けれど、宇宙《うちゅう》には寿命《じゅみょう》より長生《ながい》きの宇宙船《うちゅうせん》がたくさんいるじゃないか。だいじょうぶ！　チームみんなで、六年後《ねんご》まで、あかつきを守《まも》りつづけてみせるよ」

チームの人《ひと》の声《こえ》は、とても力強《ちからづよ》かった。

「ありがとう！　ぼく、がんばる！」

そうだ、弱気《よわき》になっちゃだめだ。はやぶさ兄《にい》さんは七年《ねん》がんばった。ぼくだって、きっとがんばれる！

「あかつき、きっとキミを金星《きんせい》の気象衛星《きしょうえいせい》にするからね。いっしょにがんばろう」

「はいっ、がんばります！」

「そのために、キミの体《からだ》のぐあいがどうなっているのか、どうしてセラミックスラスタをうまくふけなかったのか、きちんと調《しら》べるよ」

「はいっ！　お願《ねが》いします！」

チームのみんなは、絶対《ぜったい》にぼくを見《み》すてない。ぼくを信《しん》じてくれる人《ひと》たちのために、がんばらなくちゃ。

体《からだ》に悪《わる》いところがないかきちんと調《しら》べてもらって、六年後《ねんご》にもう一度《ど》チャレンジだ！

それからすぐ、ぼくは安全《あんぜん》モードからいつもの姿勢《しせい》に完全《かんぜん》にもどって、大型《おおがた》アンテナで地球《ちきゅう》と会話《かいわ》ができるようになった。

日本《にほん》のみんな、応援《おうえん》してくれたのに心配《しんぱい》かけてごめんなさい。

でも、ぼくはもうだいじょうぶだよ！


十二月《がつ》九日《か》。

「あかつき、今《いま》キミは金星《きんせい》から六十万《まん》キロのところにいるんだが、そこから金星《きんせい》の写真《しゃしん》をとってほしい」

「はい！　どのカメラを使《つか》う？」

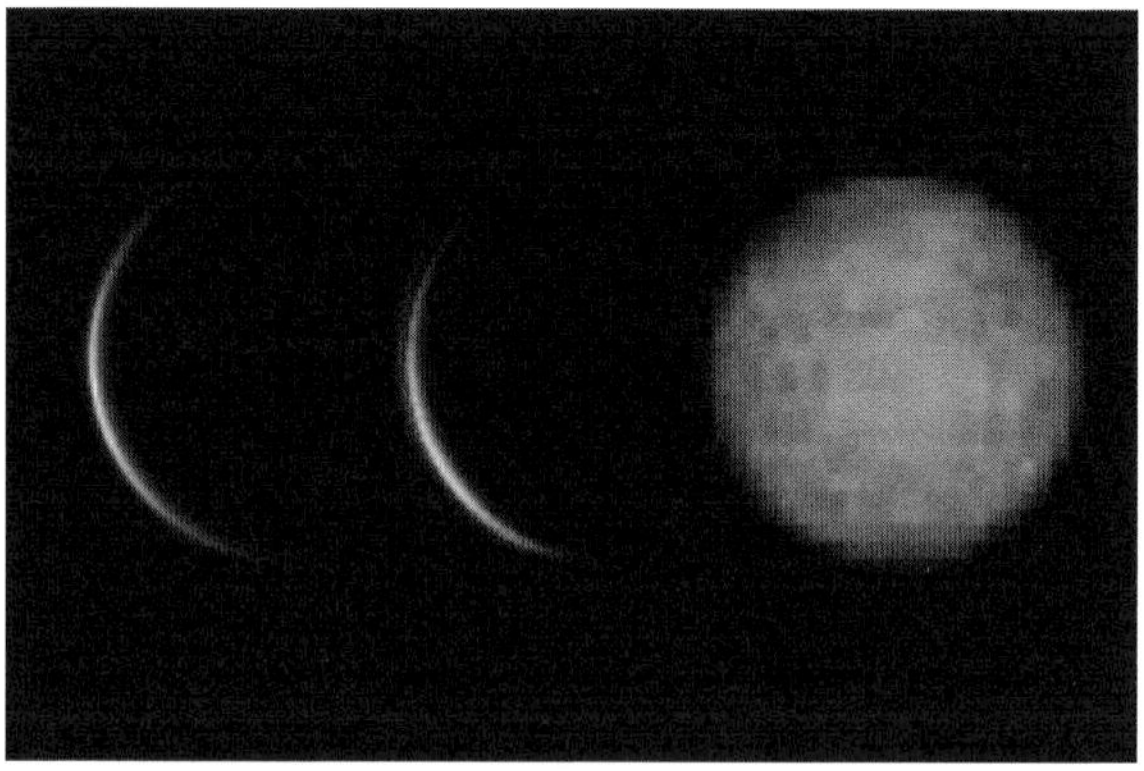

60万《まん》キロメートルの距離《きょり》からとった金星《きんせい》　2010年《ねん》12月《がつ》9日《か》、金星《きんせい》を通《とお》りすぎた「あかつき」がとりました。拡大写真《かくだいしゃしん》なので、金星《きんせい》のもようは、はっきりしていません。左《ひだり》から紫外線《しがいせん》カメラ、1ミクロンカメラ、中間赤外《ちゅうかんせきがい》カメラの写真《しゃしん》です。

「地球《ちきゅう》から旅立《たびだ》った日《ひ》に、地球《ちきゅう》の写《しゃ》真《しん》をとったカメラを使《つか》ってくれ」

「はい！　紫外線《しがいせん》カメラ、1ミクロンカメラ、中間赤外《ちゅうかんせきがい》カメラだね」

ひさしぶりのミッションがうれしくて、ぼくは後《うし》ろをふりかえるかっこうで、金星《きんせい》の写真《しゃしん》をとった。

地球《ちきゅう》で見《み》る太陽《たいよう》や月《つき》より、まだだいぶ大《おお》きい。けれど、二日《か》前《まえ》に約《やく》五百五十キロまで近《ちか》づいて見《み》た、のみこまれそうなほど大《おお》きな金星《きんせい》と、六十万《まん》キロから見《み》る金星《きんせい》とでは大《おお》ちがいだ。

せっかく金星《きんせい》のすぐそばまで行《い》ったのに、もうお別《わか》れだなんて。残念《ざんねん》だけれど、次《つぎ》のチャンスでがんばるしかない。

（さようなら金星《きんせい》！　六年後《ねんご》に絶対《ぜったい》もどってくるからね！）

ぼくは、新《あら》たな決意《けつい》を胸《むね》に、金星《きんせい》にさようならをいった。

そういえば、きのう金星《きんせい》に近《ちか》づいたイカロス君《くん》は元気《げんき》かな？　ぼくのこと、心配《しんぱい》しているだろうなぁ……。

十二月《がつ》十日《か》。

「あかつき、きのうとった写真《しゃしん》に、きれいに金星《きんせい》がうつっていたよ。三つのカメラは問題《もんだい》なさそうだ」

「わぁ、よかった！　ちゃんと写真《しゃしん》がとれて」

ぼくは、かなりほっとした。金星《きんせい》の天気《てんき》を調《しら》べるための、大事《だいじ》なカメラがこわれていたら大変《たいへん》だからね。それにしても、七日《か》にいったい何《なに》がおきたんだろう？　早《はや》く知《し》りたい。

十二月《がつ》十七日《にち》。

「今《いま》までキミの体《からだ》のぐあいを調《しら》べてきたけれど、十二月《がつ》七日《か》に金星《きんせい》を回《まわ》るコースに入《はい》れなかったのは、燃料《ねんりょう》の通《とお》り道《みち》に、塩《しお》がつまったせいかもしれない」

「えっ、塩《しお》がつまったの？　どうして？」

塩《しお》なんて持《も》ってないのに、どうして塩《しお》がつまるんだろう。

全国《ぜんこく》からよせられた紙工作《かみこうさく》のあかつきくん　「あかつき」を応援《おうえん》しようと、全国《ぜんこく》のファンがつくったあかつきくん。応援《おうえん》メッセージやイラストも多数《たすう》よせられました。

「酸素《さんそ》のない宇宙《うちゅう》で燃料《ねんりょう》を燃《も》やすための『酸化剤《さんかざい》』が、じわじわと逆流《ぎゃくりゅう》して、燃料《ねんりょう》とまざったらしい。それで塩《しお》が少《すこ》しずつできて、燃料《ねんりょう》の通路《つうろ》をふさいだみたいだ」

「ぼくのセラミックスラスタ、だいじょうぶかな？」

「それは、もっと調《しら》べてみないとわからない。でも、アンテナも、太陽電《たいようでん》池《ち》も、充電池《じゅうでんち》も、みんな正常《せいじょう》だよ」

「よかった！　それなら、ぼくは六年後《ねんご》までがんばれるね！」

クリスマスには、うれしい連絡《れんらく》があった。

「キミを応援《おうえん》してくれる人《ひと》たちが、紙工作《かみこうさく》のあかつきをつくってくれたよ。千羽鶴《せんばづる》にちなんで『千《せん》のあかつき』だ。四千個以上《せんこいじょう》あるそうだよ」

「わぁ、すごい‼　うれしいなぁ。ぼく、がんばらなきゃ！」

金星《きんせい》を通《とお》りすぎてしまったのに、こんなにたくさん応援《おうえん》してくれる人《ひと》がいるなんて。みんなの応援《おうえん》にこたえたい。

二度目《どめ》のチャレンジにのぞみをかけて、ぼくがんばるね！

5　エンジンがこわれた!?

年《とし》が明《あ》けて、二〇一一年《ねん》になった。

二〇一〇年《ねん》十二月《がつ》七日《か》からずっと、ぼくは二百三日《にち》で太陽《たいよう》を一周《しゅう》するコースを飛《と》びつづけていた。

金星《きんせい》は二百二十五日《にち》で太陽《たいよう》を一周《しゅう》する。だから、ぼくの方《ほう》が二十二日《にち》も早《はや》く回《まわ》ってしまうんだ。六年後《ねんご》、ぼくが十一周目《しゅうめ》を回《まわ》っている時《とき》、十周目《しゅうめ》の金星《きんせい》と、うまくならべるんだって。

寿命《じゅみょう》をこえて飛《と》びつづけるには、とにかく体《からだ》を大事《だいじ》にするしかないそうだ。ぼくは、健康《けんこう》チェックをたくさんしてもらって、どうしても必要《ひつよう》な機《き》械《かい》だけを使《つか》い、しんちょうに飛《と》びつづけた。

三月《がつ》になると、ぼくの体《からだ》はぽかぽかぽかを通《とお》りこして、ぽっぽと熱《あつ》くなってきた。

「あかつき、これから金星《きんせい》より太陽《たいよう》に近《ちか》いところを飛《と》ぶことになるよ。太陽《たいよう》の光《ひかり》がキミをおす力《ちから》や熱《ねつ》を強《つよ》く感《かん》じるはずだ」

「もう体《からだ》のあちこちが熱《あつ》いよ。だいじょうぶかな？」

「キミが金星《きんせい》より太陽《たいよう》に近《ちか》づくことは予定《よてい》に入《はい》っていなかったからね。これから、キミの体温《たいおん》を注意《ちゅうい》ぶかく見《み》ていくよ」

ぼくは、体《からだ》のいろいろなところの温度《おんど》を細《こま》かくはかることになった。そのデータをもとに、いつどんなふうに姿勢《しせい》を変《か》えたら熱《あつ》すぎないか、チームの人《ひと》たちが考《かんが》えてくれる。

三月《がつ》九日《か》には、金星《きんせい》の写真《しゃしん》をとった。金星《きんせい》とぼくの距離《きょり》は、一千万《せんまん》キロをこえた。金星《きんせい》は明《あか》るいけれど、小《ちい》さな光《ひかり》の玉《たま》くらいにしか見《み》えない。それでも、今月中《こんげつちゅう》は金星《きんせい》とならぶように飛《と》んでいくから、金星《きんせい》が観察《かんさつ》しやすい時期《じき》なんだって。

大気《たいき》の流《なが》れや雲《くも》の濃《こ》さを調《しら》べる『２ミクロンカメラ（ＩＲ２《アイアールツー》）』のテストもした。ＩＲ１《アイアールワン》と同《おな》じ、赤外線《せきがいせん》をうつすカメラだけど、冷凍機《れいとうき》で冷《ひ》やしながら使《つか》う。冷凍機《れいとうき》を動《うご》かすのに時間《じかん》がかかるから、今《いま》まで出番《でばん》がなかったんだ。

三月十四日《がつ か》。

会話《かいわ》をはじめてすぐ、チームのようすがちがうことに気《き》がついた。

「あかつき、じつは三月十一日《がつ にち》に、日本《にほん》で大地震《おおじしん》があって、大勢《おおぜい》の人《ひと》がなくなったんだ。まだ、地震《じしん》が続《つづ》いているし、相模原《さがみはら》で電気《でんき》が使《つか》えない時間《じかん》もあって、今週《こんしゅう》はあまり話《はな》せないかもしれない」

とても、きんちょうした声《こえ》だ。

「はい、わかりました。みなさん、どうぞご安全《あんぜん》に！」

ぼくは、急《いそ》いで答《こた》えた。日本《にほん》が大変《たいへん》だ。だいじょうぶかな。心配《しんぱい》だな。

ぼくも、今《いま》は大変《たいへん》な時期《じき》。これから二か月間《げつかん》、金星《きんせい》よりだいぶ太陽《たいよう》に近《ちか》いコースを飛《と》ぶけれど、体《からだ》の一部《ぶ》は、たえられる温度《おんど》をもうこえてしまった。体温《たいおん》の一番高《ばんたか》いところは七十度《ど》もあって、熱《あつ》くてたまらない。

みんな、こわくて不安《ふあん》だろうな……。

でも、日本《にほん》のみんなは、大変《たいへん》だけどがんばっているんだよね。

だから、ぼくも太陽《たいよう》の熱《ねつ》に負《ま》けずにがんばらなくちゃ。

ぼくは応援《おうえん》してもらってばっかりだったけれど、今《いま》はぼくからも、せいいっぱいの応援《おうえん》を送《おく》るよ。

日本《にほん》のみんな、いっしょにがんばろうね。


それからぼくは、熱《ねつ》に一番強《ばんつよ》い頭《あたま》を太陽《たいよう》に向《む》けて、ジリジリする熱《あつ》さをがまんすることになった。この姿勢《しせい》だと、地球《ちきゅう》と会話《かいわ》しづらいけれど、体《からだ》の温度《おんど》をさげる方《ほう》がゆうせんだ。

ふつうに会話《かいわ》ができるようになったのは、次《つぎ》の週《しゅう》からだった。まだ、電《でん》気《き》が使《つか》えない時間《じかん》があるのに、チームのみんなが、ぼくの体《からだ》の調子《ちょうし》をきちんと見《み》てくれて、とても心強《こころづよ》かった。

三月中《がっちゅう》は金星《きんせい》を観察《かんさつ》しやすいところにいたから、毎日《まいにち》のように金星《きんせい》の写《しゃ》真《しん》をとりつづけた。ぼくのデータをＶＥＸ《ベックス》せんぱいのデータと合《あ》わせて、金星《きんせい》を調《しら》べるのに役立《やくだ》ててもらうんだ。


四月《がつ》に入《はい》って、ますます太陽《たいよう》からの熱《ねつ》が強《つよ》くなってきた。

けれど、熱《ねつ》に強《つよ》い頭《あたま》を太陽《たいよう》に向《む》けるようになってから、体温《たいおん》はなんとかがまんできる温度《おんど》におさまっている。それでも、太陽電池《たいようでんち》パネルの温度《おんど》は、四十度《ど》もよけいにあがった。うでがジリジリやけるみたいだし、頭《あたま》もくらくらするほど熱《あつ》い。

四月《がつ》十七日《にち》には太陽《たいよう》に最接近《さいせっきん》した。みんなぼくの体温《たいおん》をとても心配《しんぱい》してくれたけれど、ぼくもカメラも熱《ねつ》に負《ま》けずにがんばったよ。

けれど、これから地球《ちきゅう》との距離《きょり》がますますはなれていくから、会話《かいわ》にとても時間《じかん》がかかる。地球《ちきゅう》から二億《おく》キロ以上《いじょう》はなれていて、「あかつき」とよばれて「はい」と返事《へんじ》をするのに、片道《かたみち》十一分《ぷん》三十秒《びょう》もかかっちゃうんだ。


六月《がつ》に入《はい》ると、ぼくからは、地球《ちきゅう》が太陽《たいよう》にどんどん近《ちか》づいて見《み》えるようになった。二十五日《にち》には、地球《ちきゅう》が太陽《たいよう》の向《む》こう側《がわ》にかくれて、ぼくから見《み》えなくなってしまう。指令《しれい》もとどきにくくなるから、六月《がつ》の間《あいだ》は健康《けんこう》チェックだけにするんだって。

そのかわり、ぼくは太陽《たいよう》の『コロナ』を観測《かんそく》することになった。コロナは、太陽《たいよう》からふきでている高温《こうおん》のガス。太陽《たいよう》が月《つき》に完全《かんぜん》にかくされる皆既《かいき》日食《にっしょく》の時《とき》は、地球《ちきゅう》から目《め》で見《み》えるんだって。

コロナの観測《かんそく》には、金星《きんせい》の大気《たいき》を調《しら》べるために持《も》ってきた、『ＵＳＯ《*ユーエスオー》』

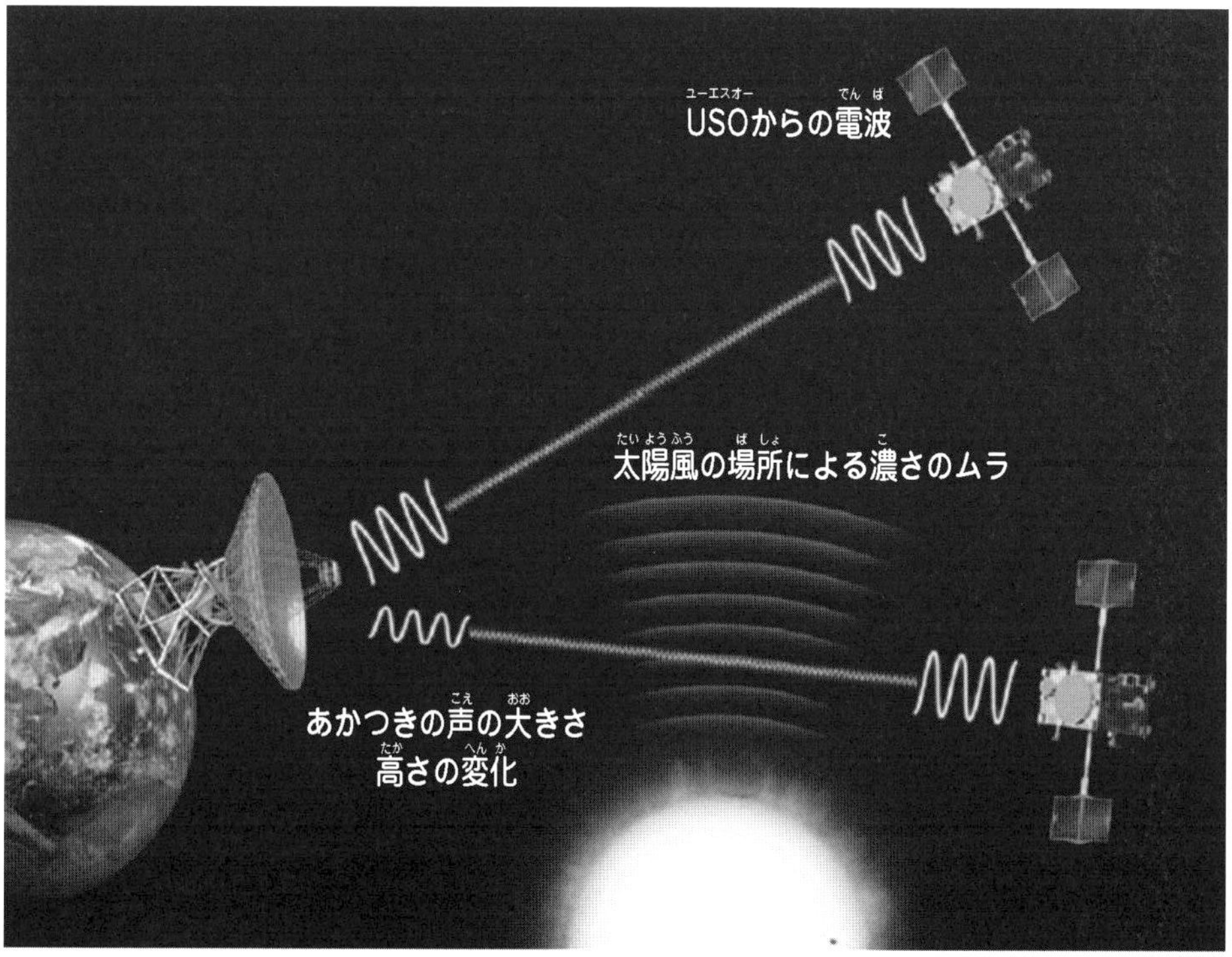

「あかつき」の太陽《たいよう》コロナ観測《かんそく》 太陽風《たいようふう》を通過《つうか》すると、「あかつき」の声《こえ》の高《たか》さや大《おお》きさが変《か》わることを利用《りよう》して、太陽風《たいようふう》のしくみを調《しら》べます。

という装置《そうち》を使《つか》うよ。

同《おな》じ観測《かんそく》をした宇宙船《うちゅうせん》はほかにもあるけれど、ぼくはかなり太陽《たいよう》の近《ちか》くで観測《かんそく》をする。だから、質《しつ》のいいデータがとれるみたい。

一か月《げつ》の間《あいだ》、ぼくは毎日《まいにち》五〜七時間《じかん》かけて、太陽《たいよう》コロナを観測《かんそく》しつづけた。六月《がつ》二十四日《か》から二十七日《にち》までの四日間《かかん》は、地球《ちきゅう》のそばで太陽《たいよう》を観測《かんそく》している、人《じん》工衛星《こうえいせい》ひのでさんと協力《きょうりょく》したんだ。観測《かんそく》データが、研《けん》究《きゅう》をしている人《ひと》たちの役《やく》に立《た》てたらうれしいな。

＊「USO《ユーエスオー》」については、100ページにくわしい説明《せつめい》があります。

六月三十日《がつにち》。

「あかつき、二〇一〇年《ねん》十二月七日《がつか》の調査結果《ちょうさけっか》が出《で》た。最初《さいしょ》の調査《ちょうさ》では、セラミックスラスタの中《なか》で、燃料《ねんりょう》の通《とお》り道《みち》に塩《しお》がつまっているかもしれないといったね……」

「はい」

(どうか、どこもこわれていませんように……)

ぼくは、いのるような気持《きも》ちで、次《つぎ》の言葉《ことば》を待《ま》った。

「……あれから、地球《ちきゅう》でいろいろと実験《じっけん》をしてわかったんだが、セラミックスラスタは、こわれていると考《かんが》えた方《ほう》がよさそうだ」

思《おも》ってもみなかった言葉《ことば》だった。

あの時《とき》、体《からだ》が痛《いた》かったことは覚《おぼ》えているけれど、まさかセラミックスラスタがこわれていたなんて……。

「……セラミックスラスタがこわれているなら、どうやって金星《きんせい》に行《い》くの？　ぼくは、金星《きんせい》まで行《い》ける……よね？」

ミッション終了《しゅうりょう》……。最悪《さいあく》そうなるかもしれないけれど、ぼくは最後《さいご》まで、のぞみをすてたくなかった。

「まず、本当《ほんとう》にセラミックスラスタがこわれているのか、まだふんしゃする力《ちから》が残《のこ》っているかをたしかめたい。テストは二回《かい》。九月《がつ》七日《か》と九月《がつ》十四日《か》だ」

「はい」

「それで、セラミックスラスタが完全《かんぜん》にこわれている場合《ばあい》は……」

「こわれている場合《ばあい》は？」

「十一月《がつ》に姿勢変更《しせいへんこう》エンジンでコースを変更《へんこう》し、金星《きんせい》を目《め》ざす予定《よてい》だ。だいじょうぶ。ほかに調子《ちょうし》が悪《わる》いところはないんだから。……めげるなよ！」

「はいっ！」

やっぱり、金星《きんせい》に行《い》けるんだ！　やった！　やったぁ！

ぼくの胸《むね》に、うれしさがこみあげてきた。

よーし、まずは九月《がつ》のテストをがんばるぞー！

6　新《あたら》しいスタート

九月《がつ》七日《か》。

いよいよ、コース変更《へんこう》エンジンのセラミックスラスタをテストする日《ひ》がやってきた。セラミックスラスタが中途半端《ちゅうとはんぱ》にこわれていると、今回《こんかい》のテストでバン！　と、ぼくが爆発《ばくはつ》してしまう可能性《かのうせい》もある。命《いのち》がけのテストだ。

こわいという気持《きも》ちはもちろんあるけれど、去年《きょねん》の失敗《しっぱい》の原因《げんいん》をきちんと知《し》りたいという気持《きも》ちの方《ほう》が強《つよ》い。ぼくは、金星気象衛星《きんせいきしょうえいせい》になるために、宇宙《うちゅう》へやってきた。そのために必要《ひつよう》なことなら、どんなことでもチャレンジしたい。

「あかつき、今日《きょう》は、セラミックスラスタを二秒《びょう》ふいてもらうよ」

「はい！」

「セラミックスラスタがどのくらいこわれているか、まだ予想《よそう》でしかない。

前《まえ》の失敗《しっぱい》の時《とき》のようになる可能性《かのうせい》もある。けれど、もしそうなったら、教《おし》えておいた通《とお》りに自分《じぶん》で姿勢《しせい》を安定《あんてい》させるんだぞ」

「はい、わかりました！」

そして、午前《ごぜん》十一時《じ》五十分《ぷん》ちょうど。

ぼくは、セラミックスラスタを二秒《びょう》きっかりふいた。でも、ゴーッと勢《いきお》いよくふんしゃするはずが、スーっという感《かん》じで力《ちから》がない。

(だいじょうぶかな？　爆発《ばくはつ》しないよね？)

しばらくドキドキしたけれど、ぼくの体《からだ》は爆発《ばくはつ》もしなかったし、だいじょうぶそうだ。

ただ、ふんしゃの勢《いきお》いがなかったことが心配《しんぱい》。早《はや》く、チームのみんなに調《しら》べてもらわないと！

ぼくは、急《いそ》いで地球《ちきゅう》にテストのデータを送《おく》った。そのあとは、ぼくの位《い》置《ち》をはかってもらったんだ。

テスト後《ご》に、ぼくの声《こえ》が無事《ぶじ》にとどいて、チームのみんなはホッとしていたよ。

九月九日《がつか》。

「あかつき、おとといのテストの結果《けっか》が出《で》たよ」

「はい。ぼくのエンジン、どうだった？」

「うーん、それが予定《よてい》の1／10の勢《いきお》いしかなかったんだ。十四日《か》のテストでは二十秒《びょう》ふいてもらう予定《よてい》だったけれど、五秒《びょう》に変更《へんこう》するからね」

「はい」

やっぱり勢《いきお》いがたりないのか。もう、セラミックスラスタは使《つか》えないのかなぁ。セラミックスラスタを見《み》るカメラを持《も》っていたら、みんなの心配《しんぱい》を少《すこ》しはへらせるのに。

自分《じぶん》で体《からだ》を見《み》ることができないのが、ちょっぴりじれったい。

九月十四日《がつか》の二回目《かいめ》のテストも、思《おも》うようにエンジンをふけなかった。

エンジンは、どのくらいこわれているんだろう？　このあとのミッションは、どうなるんだろう？

九月三十日《がつにち》。

「あかつき、残念《ざんねん》だがセラミックスラスタはもう使《つか》えない。どうやら、エンジンが丸《まる》ごとなくなっているようだ。かわりに、姿勢変更《しせいへんこう》エンジンでコース変更《へんこう》をするよ」

「はい……」

小型《こがた》の姿勢変更《しせいへんこう》エンジンでコース変更《へんこう》するかもしれないとは聞《き》いていたけれど、まさかセラミックスラスタが丸《まる》ごとなくなっているなんて。さすがにショックだ。

去年《きょねん》の十二月《がつ》七日《か》、よく体《からだ》ごと爆発《ばくはつ》しないですんだなぁ。

「今《いま》まで、二百三日《にち》で太陽《たいよう》を一周《しゅう》するコースを飛《と》んできたけれど、今度《こんど》は太陽《たいよう》を約《やく》百九十九日《にち》で回《まわ》るコースに変更《へんこう》するよ。このコースに入《はい》れれば、金星《きんせい》に着《つ》くのは、二〇一五年《ねん》十一月《がつ》二十二日《にち》だ」

「わぁ、一年《ねん》も早《はや》くなるんだね！」

今《いま》まで飛《と》んできたコースだと、金星《きんせい》に着《つ》くのは早《はや》くて二〇一六年《ねん》の十二月《がつ》だった。チームのみんな、きっとぼくの体《からだ》のことを考《かんが》えて、少《すこ》しでも早《はや》く金星《きんせい》に着《つ》けるコースを計算《けいさん》してくれたんだろうなぁ。

「それから、十月《がつ》に、セラミックスラスタ用《よう》の酸化剤《さんかざい》をすてるよ。姿勢変《しせいへん》更《こう》エンジンでは使《つか》わないから、少《すこ》しでも体重《たいじゅう》を軽《かる》くしておこう」

「はいっ！」

「そして、十一月《がつ》には、姿勢変更《しせいへんこう》エンジンで、コース変更《へんこう》を三回《かい》してもらうよ！」

「はいっ！　りょうかい！」

こうして、ぼくはそれまでの予定《よてい》より一年早《ねんはや》い、二〇一五年《ねん》の十一月《がつ》に、金星到着《きんせいとうちゃく》を目《め》ざすことになった。


十月《がつ》六日《か》。

「あかつき、今日《きょう》から三回《かい》に分《わ》けて、酸化剤《さんかざい》をすてる作業《さぎょう》をするよ」

「はいっ！」

よーし、体《からだ》を軽《かる》くしてコース変更《へんこう》しやすくするぞ！

「今日《きょう》は六分間《ぷんかん》、十二日《にち》に九分間《ふんかん》、十三日《にち》にも九分間《ふんかん》だ」

「はいっ！　今日《きょう》は六分間《ぷんかん》だね」

こうして、ぼくは三回《かい》に分《わ》けて、酸化剤《さんかざい》をすてた。ガスをすてると、くだが冷《ひ》えてこおってつまる危険《きけん》がある。だから、ヒーターで温《あたた》めながら、しんちょうにやったんだよ。

十九日《にち》には、酸化剤《さんかざい》がなくなったことを確認《かくにん》してもらった。ぼくの体重《たいじゅう》は六十五キログラムも軽《かる》くなったんだって。宇宙《うちゅう》で重《おも》さは感《かん》じないから、本当《ほんとう》に体《からだ》が軽《かる》くなったかわからないけれど。

でも、ひとつ仕事《しごと》を成功《せいこう》させて、ぼくの心《こころ》は少《すこ》し軽《かる》くなった。さぁ、次《つぎ》は十一月《がつ》のコース変更《へんこう》だ！

十一月一日《がつついたち》。

二〇一五年《ねん》十一月《がつ》に金星《きんせい》に近《ちか》づくための、一回目《かいめ》のコース変更《へんこう》の日《ひ》がやってきた。

「あかつき、今日《きょう》は姿勢変更《しせいへんこう》エンジンを九分《ふん》四十七・五秒《びょう》ふくよ。これだけ長《なが》い時間《じかん》のふんしゃは初《はじ》めてだけど、がんばってくれ！」

「はいっ！」

姿勢変更《しせいへんこう》エンジンは、姿勢《しせい》を変《か》えるために毎日《まいにち》のようにふいているから自信《じしん》はある。けれど、いつも一度《ど》にふくのは一、二秒《びょう》だけ。だから、「長《なが》くふけるかな」という心配《しんぱい》も少《すこ》しだけある。

でも、ここで絶対《ぜったい》に失敗《しっぱい》するわけにはいかない。

十三時《じ》二十一分《ぷん》。

ぼくは、姿勢変更《しせいへんこう》エンジンのうち、おしり側《がわ》の四つを、シューッとふきはじめた。じわじわと速度《そくど》があがっているように感《かん》じる。

(よし、いいぞ、いいぞ)

ぼくは、自分《じぶん》をはげましながら、そのまま九分《ふん》四十七・五秒間《びょうかん》、きっちりふききった。

「エンジン、ふきおわったよ。データを送《おく》るね」

さっそくデータを送《おく》ると、夕方《ゆうがた》にはうれしい知《し》らせが入《はい》った。

「あかつき、予定通《よていどお》りにふんしゃできたことを確認《かくにん》した。よくやった!」

「わぁ、よかった。ありがとう。あとの二回《かい》もがんばるね!」

十一月《がつ》十日《か》の二回目《かいめ》のコース変更《へんこう》では九分《ふん》四秒間《びょうかん》、十一月《がつ》二十一日《にち》の三回目《かいめ》のコース変更《へんこう》では五分《ふん》四十二秒間《びょうかん》、ぼくは姿勢変更《しせいへんこう》エンジンを、決《き》められた時間《じかん》きっちりふいた。

「あかつき、これでようやく新《あたら》しいスタートラインに立《た》ったね。二〇一五年《ねん》に、どんなコースで金星《きんせい》を回《まわ》るのがいいか、たくさん計算《けいさん》しておくから、それまで体《からだ》を大事《だいじ》にするんだぞ」

「はいっ、ありがとう。これからもお願《ねが》いします！」

やった、ようやく新《あたら》しいスタートラインに立《た》てた！　これから、ぼくは太陽《たいよう》を約《やく》百九十九日《にち》で回《まわ》る、新《あたら》しいコースを飛《と》んでいく。

金星到着《きんせいとうちゃく》まであと四年《ねん》ちょっと！

——そして、金星《きんせい》を回《まわ》るコースに、もう一度《ど》チャレンジだ！

7　九回《かい》の真夏《まなつ》をのりこえて

いよいよ、二〇一五年《ねん》がやってきた。

ぼくが、金星《きんせい》を回《まわ》るコースへ二度目《どめ》のチャレンジをする年《とし》だ。

今《いま》までにぼくは、七回《かい》も太陽《たいよう》に近《ちか》づいた。そのたびに、大《おお》きなアンテナや太陽電池《たいようでんち》パネルがジリジリと熱《あつ》くなった。ぼくの大《おお》きなアンテナは白《しろ》から茶色《ちゃいろ》に、金色《きんいろ》だった服《ふく》は、背中《せなか》を中心《ちゅうしん》に、あめ色《いろ》に日焼《ひや》けしているみたい。カメラのついているおなかだけは日焼《ひや》けから守《まも》るように、姿勢《しせい》をいつも変《か》えていたよ。

チームのみんなが、ぼくの姿勢《しせい》をいろいろと変《か》えて太陽《たいよう》の熱《ねつ》から守《まも》ってくれたおかげで、体《からだ》はまだだいじょうぶ。金星《きんせい》に到着《とうちゃく》するまで、まだあと二回《かい》、太陽《たいよう》に近《ちか》づくけれど、もうひとがんばりするよ！

そうそう。ぼくが、太陽《たいよう》の熱《ねつ》をじっとがまんして飛《と》んでいた二〇一二年《ねん》から二〇一四年《ねん》までの間《あいだ》には、いろいろなことがあった。

ぼくといっしょに冒険《ぼうけん》の旅《たび》に出《で》たイカロス君《くん》は、全部《ぜんぶ》のミッションを成《せい》功《こう》させた。二〇一二年《ねん》からは、七か月冬眠《げっとうみん》をして、三か月《げつ》おきるという生《せい》活《かつ》をしている。

二〇一四年《ねん》十二月《がつ》三日《か》には、はやぶさ兄《にい》さんの弟《おとうと》、はやぶさ2君《ツーくん》が宇《う》宙《ちゅう》にやってきた。宇宙船《うちゅうせん》のせんぱいとして、早《はや》く金星《きんせい》を観測《かんそく》して、かっこいいところを見《み》せたい。

ビーチでくつろぐサングラスあかつきくん　もし大《おお》きな日《ひ》がさがあったら、ジリジリと焼《や》けつく日差《ひざ》しも、バカンス気分《きぶん》でのりこえられた!?　監修《かんしゅう》の佐藤毅彦先生《さとうたけひこせんせい》の直筆画《じきひつが》です。

十二月《がつ》十六日《にち》には、ＶＥＸ《ベックス》せんぱいが燃料《ねんりょう》を使《つか》いきってミッションを終《お》えた。最後《さいご》まで「あかつき君《くん》がくるまでがんばる」といってくれていたのに。会《あ》えなくて残念《ざんねん》だけど、ＶＥＸ《ベックス》せんぱいの思《おも》いを、ぼくが引《ひ》きついでがんばらなくちゃ。

十二月《がつ》十八日《にち》には、ぼくが二〇一一年《ねん》に観測《かんそく》した太陽《たいよう》コロナの研究結果《けんきゅうけっか》が発表《はっぴょう》された。ぼくが集《あつ》めたデータから、太陽風《たいようふう》について新《あたら》しくわかったことがあるんだって！　よけいに太陽《たいよう》の周《まわ》りを回《まわ》ることになったけれど、そのおかげで役《やく》に立《た》つことができて、本当《ほんとう》によかった。

二〇一五年《ねん》二月《がつ》六日《か》。

待《ま》ちに待《ま》った知《し》らせがとどいた。

「あかつき、金星《きんせい》を回《まわ》るコースへ入《はい》る、二度目《どめ》のチャレンジの日《ひ》が、十二月《がつ》七日《か》に正式《せいしき》に決《き》まったよ」

「十二月《がつ》七日《か》？　一回目《かいめ》のチャレンジと同《おな》じ日《ひ》だね！」

「まったくのぐうぜんなんだよ。今《いま》まで予定《よてい》していたコースは、金星《きんせい》を何《なん》回《かい》か回《まわ》ると金星《きんせい》に落《お》ちてしまうんだ。だから、もっと長《なが》く金星《きんせい》を観測《かんそく》できるコースに変更《へんこう》するよ。コース変更日《へんこうび》は、また知《し》らせる」

「はい、わかりました！」

二度目《どめ》のチャレンジが、一度目《どめ》の失敗《しっぱい》と同《おな》じ日《ひ》だなんて、本当《ほんとう》にすごいぐうぜんだ。今度《こんど》は『成功《せいこう》の日《ひ》』に変《か》えてみせるぞ！

七月《がつ》九日《か》には、コース変更《へんこう》のスケジュールが決《き》まった。

二〇一一年《ねん》のコース変更《へんこう》では、おしり側《がわ》の姿勢変更《しせいへんこう》エンジンを使《つか》ったけれど、今回《こんかい》は頭側《あたまがわ》を使《つか》う。十二月《がつ》の金星到着《きんせいとうちゃく》の時《とき》も頭側《あたまがわ》のエンジンを使《つか》うから、その練習《れんしゅう》なんだって。

頭側《あたまがわ》のエンジンの調子《ちょうし》を見《み》るために、今回《こんかい》は三回《かい》に分《わ》けて少《すこ》しずつ、しんちょうにコース変更《へんこう》をするともいわれたよ。一回目《かいめ》が七月《がつ》十七日《にち》、二回《かい》目《め》が七月《がつ》二十四日《か》、三回目《かいめ》が七月《がつ》三十一日《にち》だ。

七月《がつ》十七日《にち》。

「あかつき、コース変更《へんこう》の一回目《かいめ》だ。頭《あたま》のエンジンで、きちんとコース変《へん》更《こう》ができるかが、ミッション成功《せいこう》のカギだ。たのんだぞ」

「はいっ！」

ぼくは、まず頭《あたま》のエンジンを使《つか》いやすいように姿勢《しせい》を変《か》えた。エンジンをふんしゃする時間《じかん》と長《なが》さは、ちゃんと教《おし》えてもらっているから、ぼくひとりでやれる。

十三時《じ》。ぼくは、頭側《あたまがわ》の姿勢変更《しせいへんこう》エンジンをシューッとふきはじめた。じわじわとぼくの向《む》きが変《か》わっていく。そして、決《き》められた一分《ぷん》三十四秒《びょう》きっちりふいた。

「エンジン、ふきおわったよ。データを送《おく》るね」

夕方《ゆうがた》には、地球《ちきゅう》からうれしい知《し》らせが入《はい》った。

「あかつき、きちんと予定通《よていどお》り、ふんしゃしたことを確認《かくにん》した。よくやった！」

「わぁ、ありがとう。二回目《かいめ》と、三回目《かいめ》もがんばるよ！」

七月《がつ》二十四日《か》と七月《がつ》三十一日《にち》も、十三時《じ》から予定通《よていどお》りの時間《じかん》をふんしゃできた。

そのあと、ぼくの飛《と》んでいるコースをきちんとはかってもらうまでの時《じ》間《かん》は、とてもとても長《なが》く感《かん》じた。


八月《がつ》五日《か》。

「あかつき、計画通《けいかくどお》りにふけたから、十二月《がつ》七日《か》に金星《きんせい》に到着《とうちゃく》するよ。それと、今月《こんげつ》三十日《にち》に今《いま》まで一番太陽《ばんたいよう》に近《ちか》づくから、ここが山場《やまば》だ。がんばってくれよ」

「はい！」

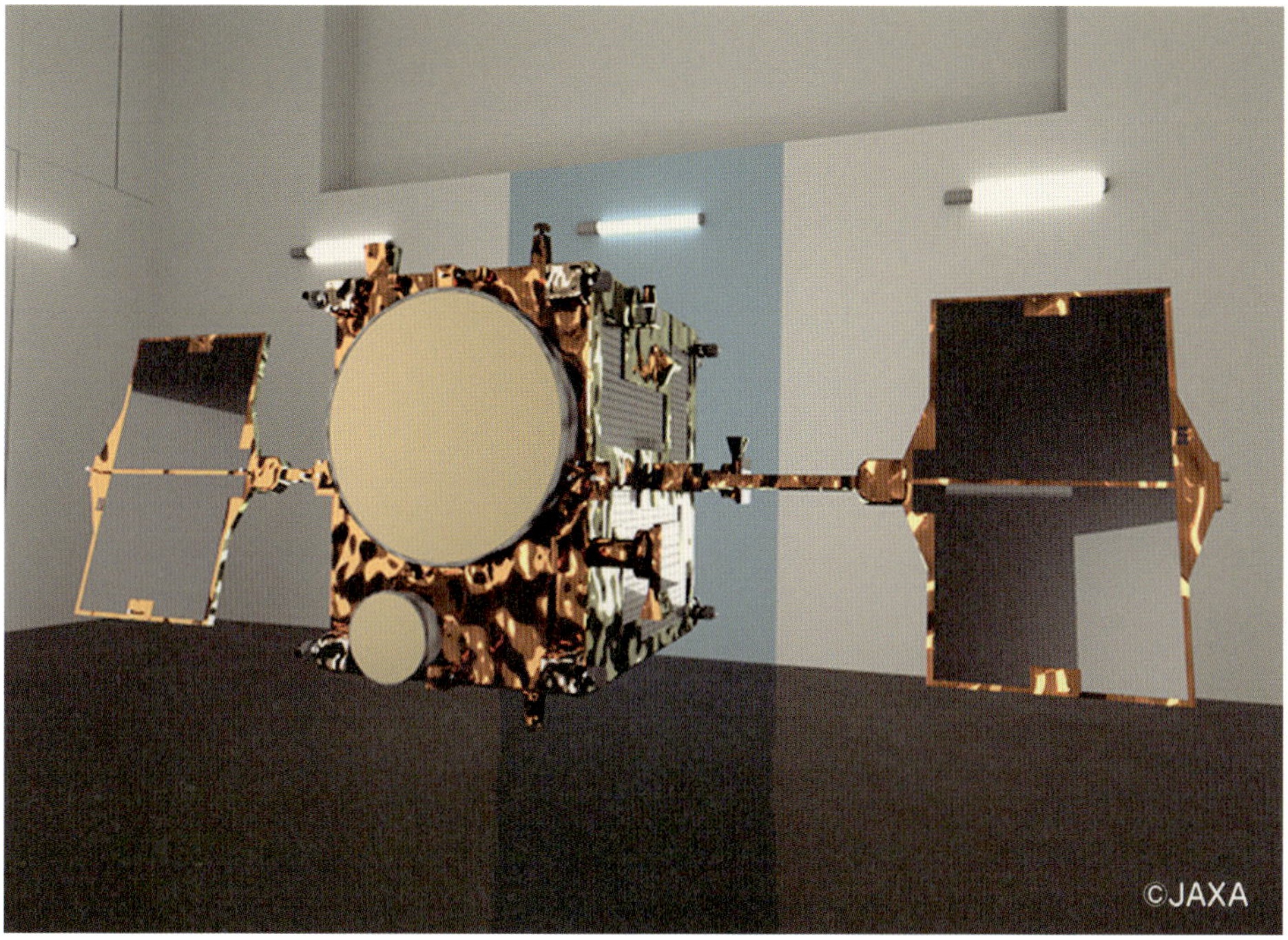

日焼《ひや》けした「あかつき」 紫外線《しがいせん》による日焼《ひや》けで、白《しろ》かったアンテナは茶色《ちゃいろ》に、金色《きんいろ》だった服《ふく》は、あめ色《いろ》に変《か》わってしまいました（地上《ちじょう》での実験写真《じっけんしゃしん》）。

八月《がつ》三十日《にち》が近《ちか》づくにつれて、ぼくの体《からだ》はジリジリとますます熱《あつ》くなってきた。温度《おんど》があがりやすい太陽電池《たいようでんち》パネルは百八十度《ど》までたえられるけれど、もう百四十度《ど》まであがってしまった。五年分《ねんぶん》の日焼《ひや》けで、あめ色《いろ》になってしまった服《ふく》は、熱《ねつ》に弱《よわ》くなっている。体《からだ》のところどころが、熱《あつ》くてしかたない。

でも、太陽《たいよう》に近《ちか》づくのは九回《かい》目《め》のこれが最後《さいご》。この熱《あつ》さをのりきれば、温度《おんど》もさがっていく。それに、太陽《たいよう》をあと半周回《はんしゅうまわ》ったら、金星《きんせい》に到着《とうちゃく》だ！　自分《じぶん》にそういいきかせて、がんばって熱《あつ》さをがまんしたよ。

九月《がつ》十一日《にち》には、ほんの少《すこ》しだけ姿勢変更《しせいへんこう》エンジンをふいた。これで、十二月《がつ》七日《か》にぴったり金星《きんせい》に到着《とうちゃく》するんだって。

十一月《がつ》十九日《にち》には、金星《きんせい》を回《まわ》るコースへ入《はい》るリハーサルをした。本番《ほんばん》もこの通《とお》りにやればいいんだと思《おも》ったら、自信《じしん》が出《で》たよ。


かけ足《あし》で十二月《がつ》がやってきた。

金星《きんせい》は、地球《ちきゅう》で見《み》る月《つき》よりも大《おお》きく見《み》えていて、とてもまぶしい。

十二月一日《がつついたち》には、百十万《まん》キロメートルの位置《いち》から、1ミクロンカメラと紫外線《しがいせん》カメラで金星《きんせい》の写真《しゃしん》をとった。

十二月《がつ》四日《か》には、ぼくのバッテリーをフル充電《じゅうでん》した。ぼくが金星《きんせい》を回《まわ》るコースへ入《はい》る時間《じかん》は、ちょうど金星《きんせい》の陰《かげ》にいて、太陽電池《たいようでんち》が使《つか》えない。だから、バッテリーで姿勢変更《しせいへんこう》エンジンを動《うご》かすんだ。

十二月《がつ》六日《か》。

「あかつき、いよいよ明日《あした》、金星《きんせい》に到着《とうちゃく》だ。金星《きんせい》を回《まわ》るコースへのチャレンジは二度目《どめ》だが、最後《さいご》のチャンスでもある。明日《あした》のスケジュールは、全《ぜん》部頭《ぶあたま》に入《はい》っているかな?」

「はい!」

「明日《あした》は、金星《きんせい》の陰《かげ》の中《なか》でエンジンのふんしゃ開始《かいし》だ。二十分《ぷん》二十八秒《びょう》の長《なが》いふんしゃになるからね。とちゅうで金星《きんせい》の陰《かげ》から出《で》たら、バッテリーから太陽電池《たいようでんち》に切《き》りかえてくれ」

「はい、だいじょうぶです!」

「よし。今《いま》から明日《あした》のふんしゃの姿勢《しせい》に変更《へんこう》するよ。明日《あした》は、時間《じかん》になったら、そのままの姿勢《しせい》でエンジンをふいてくれ」

「はい、わかりました!」

ぼくは、太陽《たいよう》に向《む》けていた頭《あたま》を、進《すす》む方《ほう》に向《む》ける姿勢《しせい》をとった。

このまま明日《あした》、頭側《あたまがわ》の姿勢変更《しせいへんこう》エンジンでブレーキをかけて、金星《きんせい》を回《まわ》るコースに入《はい》る。

明日《あした》はいよいよ本番《ほんばん》だ! 今度《こんど》こそ成功《せいこう》させるぞ!

8　二度目《どめ》で最後《さいご》のチャレンジ

そしてついに、二〇一五年十二月七日《ねんがつか》がやってきた。五年間太陽《ねんかんたいよう》からの熱《ねつ》にたえて待《ま》ちつづけた、二度目《どめ》のチャンス。ぼくは金星気象衛星《きんせいきしょうえいせい》になるために、最後《さいご》のチャレンジをする。

金星《きんせい》はゲンコツより大《おお》きく見《み》えていて、どんどん大《おお》きくまぶしくなっている。

四時《じ》三十分《ぷん》。

「こちら、あかつき。おはようございます。みなさん、よろしくお願《ねが》いします」

「あかつき、異常《いじょう》はないね？　時間《じかん》になったら、頭側《あたまがわ》の姿勢変更《しせいへんこう》エンジンをふいてくれ。相模原《さがみはら》では、たくさんの人《ひと》が金星《きんせい》を見《み》あげて、あかつきを応援《おうえん》してくれているよ。必《かなら》ず成功《せいこう》するぞ！」

「はい！　この間《あいだ》フル充電《じゅうでん》したバッテリーでがんばります！」

金星周回軌道《きんせいしゅうかいきどう》への再《さい》チャレンジ　二〇一五年《ねん》十二月《がつ》七日《か》、金星気象衛星《きんせいきしょうえいせい》になるために頭側《あたまがわ》の姿勢変更《しせいへんこう》エンジンをふく「あかつき」の想像図《そうぞうず》。

しばらくして、ぼくは金星《きんせい》の陰《かげ》に入《はい》った。

金星《きんせい》はもう目《め》の前《まえ》だ。

（ただいま、金星《きんせい》！　ぼく、もどってきたよ！）

八時《じ》五十一分《ぷん》二十九秒《びょう》。

ぼくは、真《ま》っ暗《くら》な金星《きんせい》の陰《かげ》の中《なか》で、頭側《あたまがわ》の姿勢変更《しせいへんこう》エンジンをシューッとふきはじめた。

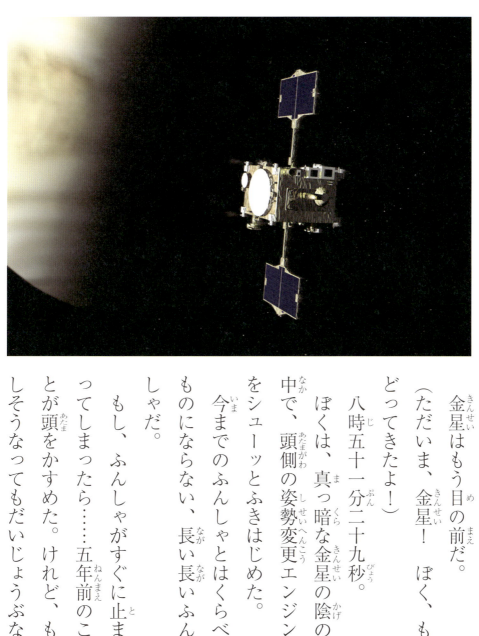

今《いま》までのふんしゃとはくらべものにならない、長《なが》い長《なが》いふんしゃだ。

もし、ふんしゃがすぐに止《と》まってしまったら……五年前《ねんまえ》のことが頭《あたま》をかすめた。けれど、もしそうなってもだいじょうぶなように、今回《こんかい》は何《なに》かあった時《とき》のための『とくべつなプログラム』をもらっている。

それに、先月《せんげつ》にリハーサルをバッチリしたから、だいじょうぶ。絶対《ぜったい》にだいじょうぶ。

ぼくは、落《お》ちついてエンジンをふきつづけた。ふきおえる前《まえ》に、金星《きんせい》の陰《かげ》から飛《と》びだしたけれど、バッテリーから太陽電池《たいようでんち》への切《き》りかえもちゃんとうまくいった！　そして、二十分《ぷん》二十八秒後《びょうご》の九時《じ》十一分《ぷん》五十七秒《びょう》、ぼくはエンジンをふきおえた。

やった！　ちゃんと、時間通《じかんどお》りふきおえられた！

でもぼくはすぐに、『とくべつなプログラム』の通《とお》り、くるりんと宙返《ちゅうがえ》りをして姿勢《しせい》を変《か》えた。

もしも頭側《あたまがわ》の姿勢変更《しせいへんこう》エンジンでブレーキがたりなかった時《とき》のために、おしり側《がわ》のエンジンで追加《ついか》ふんしゃする準備《じゅんび》をしたんだ。

一回目《かいめ》の時《とき》みたいに、ふんしゃがとちゅうで止《と》まる失敗《しっぱい》は絶対《ぜったい》にくりかえさないぞっていう、チームの強《つよ》い気持《きも》ちがつまった、とっておきの作戦《さくせん》だったんだよ。

「こちら、あかつき。エンジンふきおわりました！　追加《ついか》で、ふんしゃする必要《ひつよう》はありますか？」

ぼくの声《こえ》が地球《ちきゅう》にとどくまで八分《ぷん》十九秒《びょう》かかる。返事《へんじ》がもどってくるのにも八分《ぷん》十九秒《びょう》だ。その間《あいだ》、ドキドキしながら待《ま》った。

「あかつき、予定通《よていどお》りエンジンがふけたことを確認《かくにん》したよ。追加《ついか》でふんしゃしなくてだいじょうぶだ。よくやった。キミがどんなコースにいるか、これから数日《すうじつ》かけてきちんとはかるからね」

「はいっ！　わかりました！」

まだ、ぼくのいるところを正確《せいかく》にはかってもらっていないから、成功《せいこう》だって喜《よろこ》ぶのは、ちょっと早《はや》い。

でも、相模原《さがみはら》でぼくを見守《みまも》っていた人《ひと》たちは、姿勢変更《しせいへんこう》エンジンのふんしゃが終《お》わった時《とき》、みんなで大《おお》きなはくしゅをして喜《よろこ》んでくれたんだって。

五年間《ねんかん》もみんなを待《ま》たせちゃったもんなぁ。チームのみんな、応援《おうえん》してくれたみんな、長《なが》い間《あいだ》ぼくをささえてくれて本当《ほんとう》にありがとう！

そしてそのころ、ぼくはものすごいスピードで、金星《きんせい》の夜側《よるがわ》から昼側《ひるがわ》へとグイーンと急《きゅう》カーブで回《まわ》っていた。うまくいっていれば、長《なが》い楕円《だえん》コー

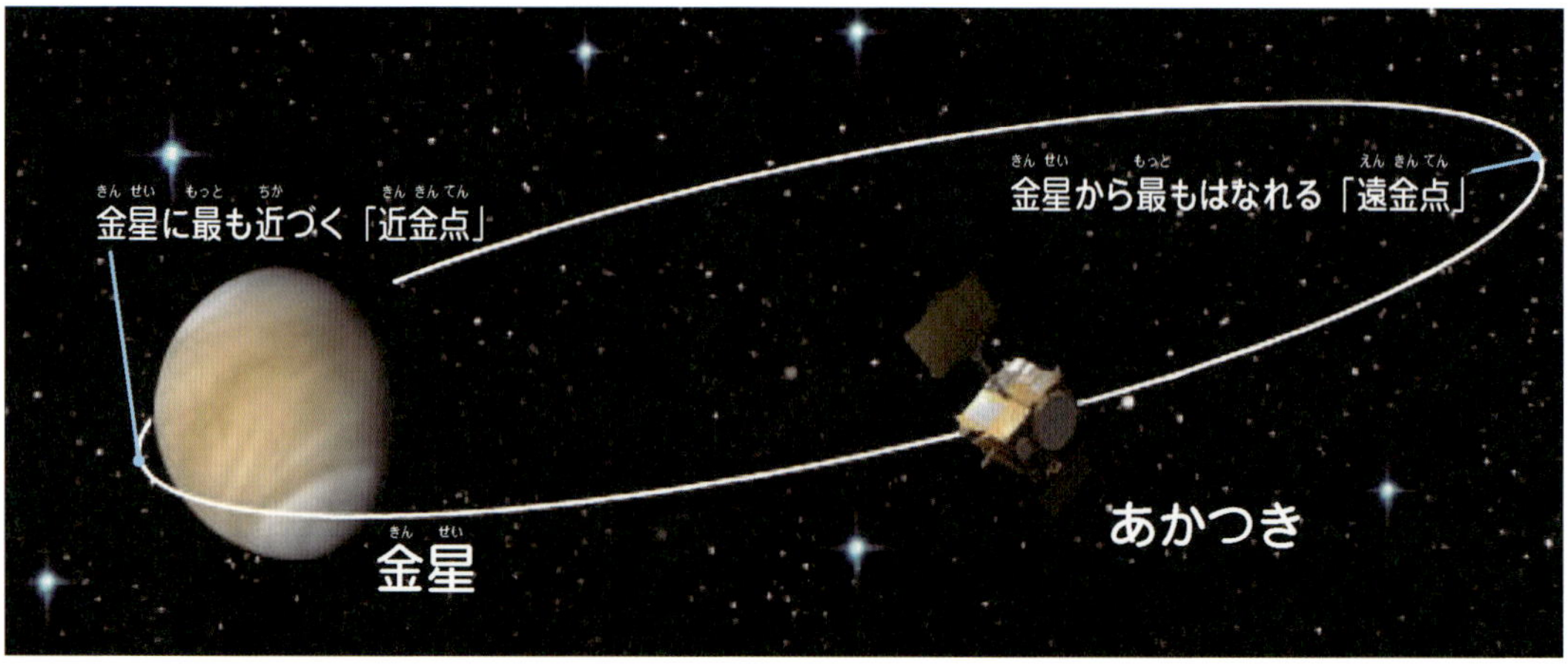

「あかつき」の楕円《だえん》コースのイメージ　コースの中《なか》で金星《きんせい》は片側《かたがわ》に大《おお》きくよっています。このようなコースを回《まわ》ることで、金星《きんせい》をアップで観測《かんそく》したり、遠《とお》くから全体《ぜんたい》を何日《なんにち》も観測《かんそく》しつづけることができます。

スで金星《きんせい》を回《まわ》っているはずだ。

五時間後《じかんご》には、ぼくは七万《まん》キロの距離《きょり》から金星《きんせい》をふりかえって、写真《しゃしん》をとった。

五年前《ねんまえ》と同《おな》じ、1ミクロンカメラ、紫外線《しがいせん》カメラ、中間赤外《ちゅうかんせきがい》カメラの三種類《しゅるい》のカメラを使《つか》った。

金星《きんせい》から、ぐんぐん遠《とお》ざかってはいるけれど、今度《こんど》はだいたい十五日《にち》後《ご》にもどってこられるはずだ。

（またすぐ近《ちか》くにもどってくるよ！）

遠《とお》ざかっていく金星《きんせい》を見《み》ながら、ぼくの胸《むね》は「今度《こんど》こそ成功《せいこう》だ」という自信《じしん》と喜《よろこ》びでいっぱいだった。

二〇一五年《ねん》十二月《がつ》九日《か》。

運命《うんめい》のチャレンジから二日《か》がたった。

「あかつき、キミとの距離《きょり》をはかった結果《けっか》、金星《きんせい》を回《まわ》るコースに入《はい》っていることがわかった。キミは金星《きんせい》の衛星《えいせい》になったんだよ。チャレンジは成功《せいこう》だ！」

「ぼく、本当《ほんとう》に金星《きんせい》を回《まわ》っているんだね！　よかった」

本当《ほんとう》にうれしくて、五年間《ねんかん》のつかれがふきとんだ気《き》がした。ようやく金《きん》星探査機《せいたんさき》、そして金星気象衛星《きんせいきしょうえいせい》としてのミッションができる！

「今《いま》は、十三日《にち》十四時間《じかん》で金星《きんせい》を一周《しゅう》するコースだ。最《もっと》も金星《きんせい》に近《ちか》づく『近金点《きんきんてん》』は四百キロメートル。最《もっと》も金星《きんせい》とはなれる『遠金点《えんきんてん》』は四十四万《まん》キロメートルだ」

「はい」

「七日《か》に七万《まん》キロメートルの位置《いち》からとった写真《しゃしん》も、公開《こうかい》されたよ」

「はい、どうだった？」

「それがね、最初《さいしょ》見《み》た時《とき》は、『なんじゃこりゃ⁉』って思《おも》ったよ」

「えっ、うまくとれてなかったの？」

「いや、うまくとれていたよ。ただ、中間赤外《ちゅうかんせきがい》カメラでとった写真《しゃしん》にうつ

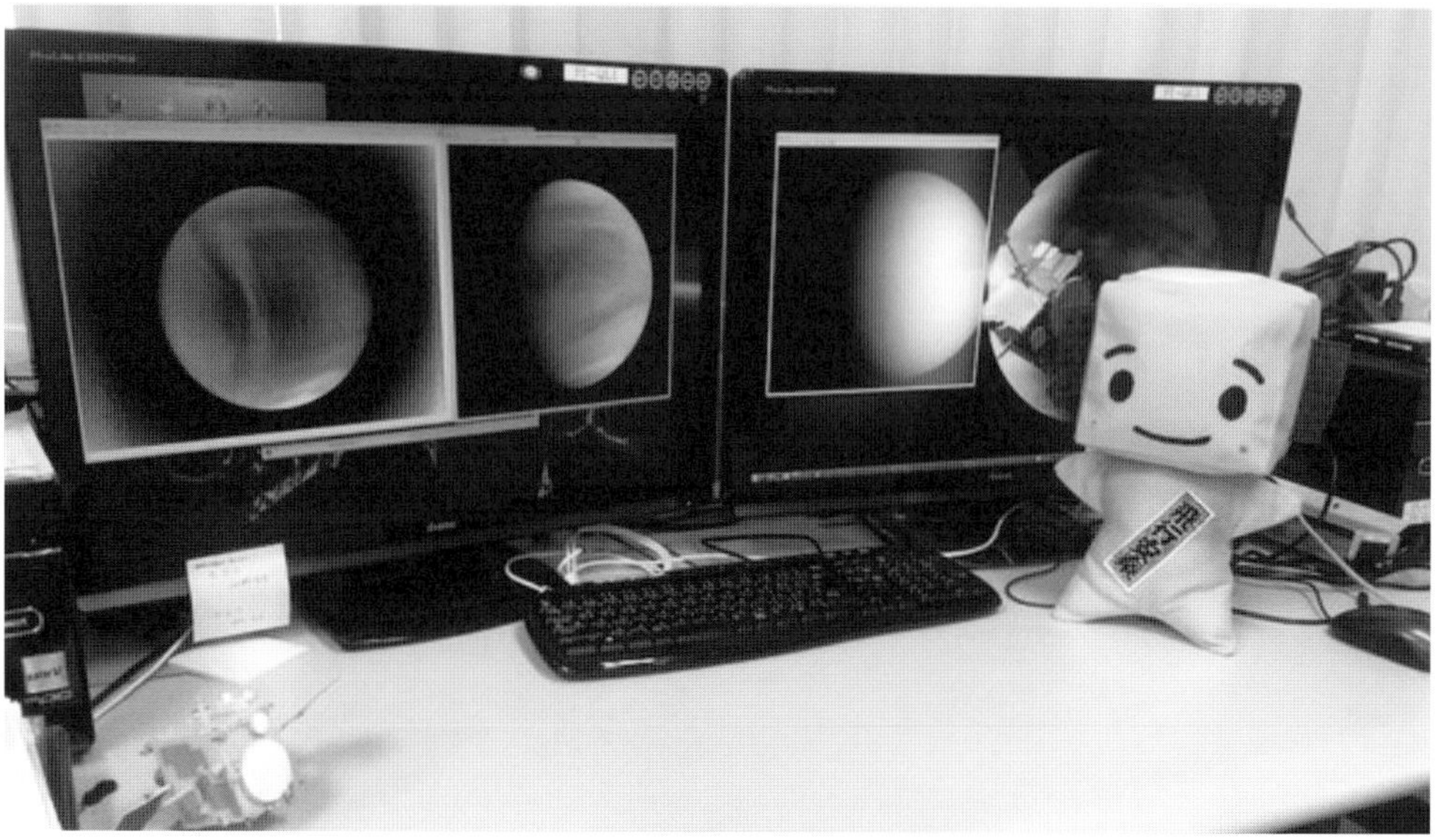

モニター画面《がめん》にうつる「あかつき」がとった写真《しゃしん》　2015年《ねん》12月《がつ》７日《か》、金星《きんせい》気象衛星《きしょうえいせい》になった日《ひ》にとった、世界初《せかいはつ》の弓状《ゆみじょう》もようの写真《しゃしん》です。

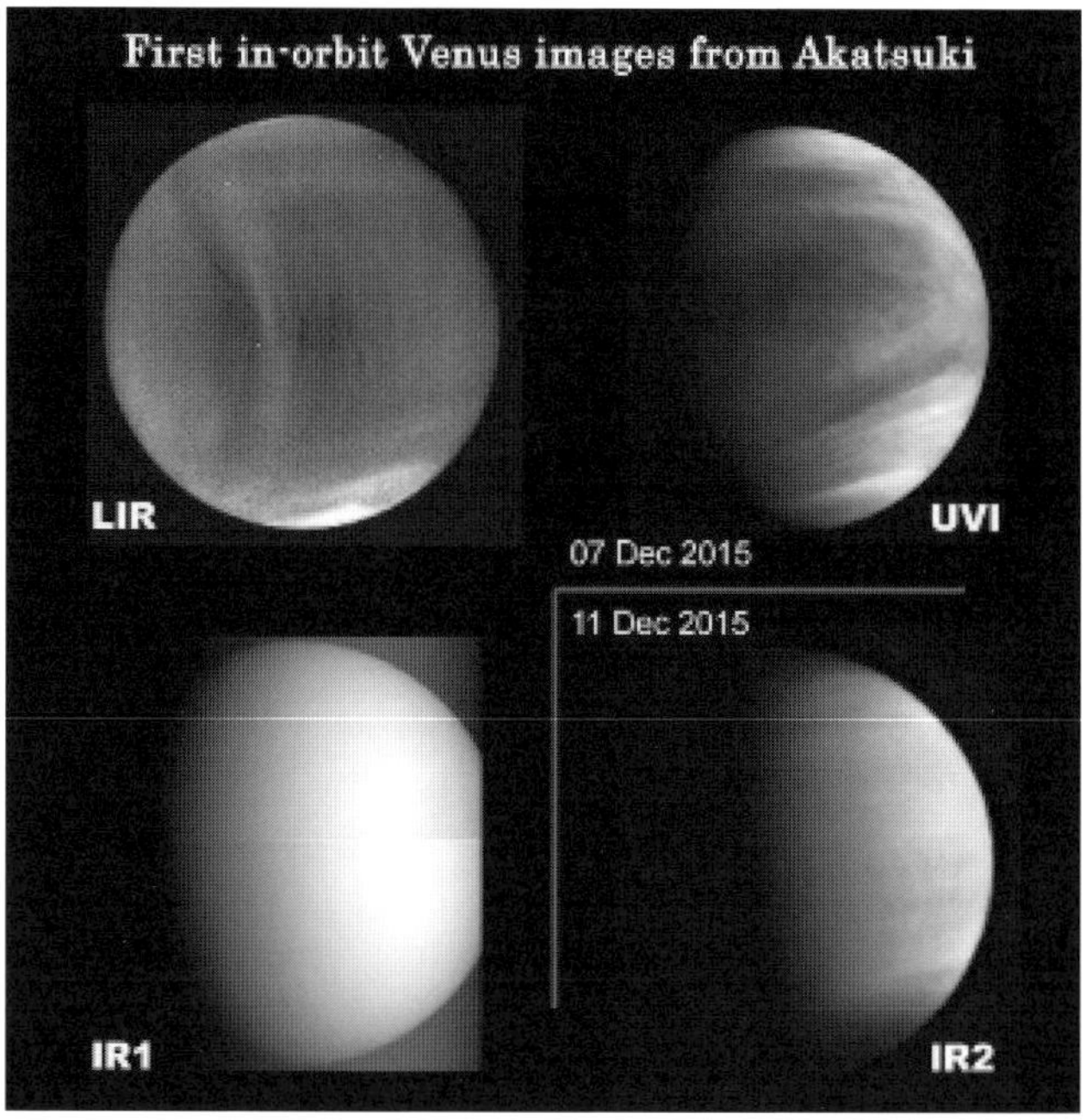

４つのカメラでとらえた金星《きんせい》の姿《すがた》　中《ちゅう》間赤外《かんせきがい》カメラ（LIR《エルアイアール》）、紫外線《しがいせん》カメラ（UVI《ユーブイアイ》）、１ミクロンカメラ（IR1《アイアールワン》）、２ミクロンカメラ（IR2《アイアールツー》）でとらえた金星《きんせい》。中間赤外《ちゅうかんせきがい》カメラの写真《しゃしん》に、はっきりと弓状《ゆみじょう》もようがうつっています。

っていたのは、まだ世界《せかい》でだれも見《み》たことがない金星《きんせい》でね」

「え、どんな？」

「南北《なんぼく》に一万《まん》キロメートルもある、弓状《ゆみじょう》のもようがうつっていたんだ。さっそく研究者《けんきゅうしゃ》が調《しら》べてみるよ」

「はいっ！」

「あかつきは、もうりっぱな金星気象衛星《きんせいきしょうえいせい》だね。これからも、いい写真《しゃしん》をたくさん送《おく》ってくれよ」

「はい、まかせて！」

ぼくが、金星《きんせい》を回《まわ》るコースに入《はい》ってすぐにとった写真《しゃしん》に、世界《せかい》でだれも見《み》たことがないもようがうつっていたなんて。自分《じぶん》でもびっくり。

これから、金星気象衛星《きんせいきしょうえいせい》として、いい写真《しゃしん》をたくさんとるぞ！

9　金星気象衛星《きんせいきしょうえいせい》「あかつき」たんじょう

二〇一五年《ねん》十二月《がつ》七日《か》に、ぼくは無事《ぶじ》に金星気象衛星《きんせいきしょうえいせい》になった。

けれど、本格的《ほんかくてき》な観測《かんそく》はもう少《すこ》し先《さき》になってから。

金星気象衛星《きんせいきしょうえいせい》としての最初《さいしょ》のミッションは、ぼくの健康診断《けんこうしんだん》だ。

これまで五年間《ねんかん》、なるべく機械《きかい》がいたまないように、使《つか》わずに大事《だいじ》にしていた。でも、使《つか》っていなかった間《あいだ》にこわれたところがないか、チェックをしないといけないんだって。

これから、三か月《げつ》かけて、じっくり機械《きかい》の点検《てんけん》をしていくよ。

それと、楕円《だえん》コースを回《まわ》っているぼくと会話《かいわ》するのも、今《いま》はまだけっこう大変《たいへん》で、慣《な》れが必要《ひつよう》なんだって。

金星《きんせい》は楕円《だえん》コースの中《なか》で、片方《かたほう》のはしによっている。こういうコースでは、ぼくはいつも速度《そくど》が変化《へんか》しているんだ。

金星《きんせい》に近《ちか》い時《とき》は、どんどんスピードが速《はや》くなって、ギュン！　と勢《いきお》いよ

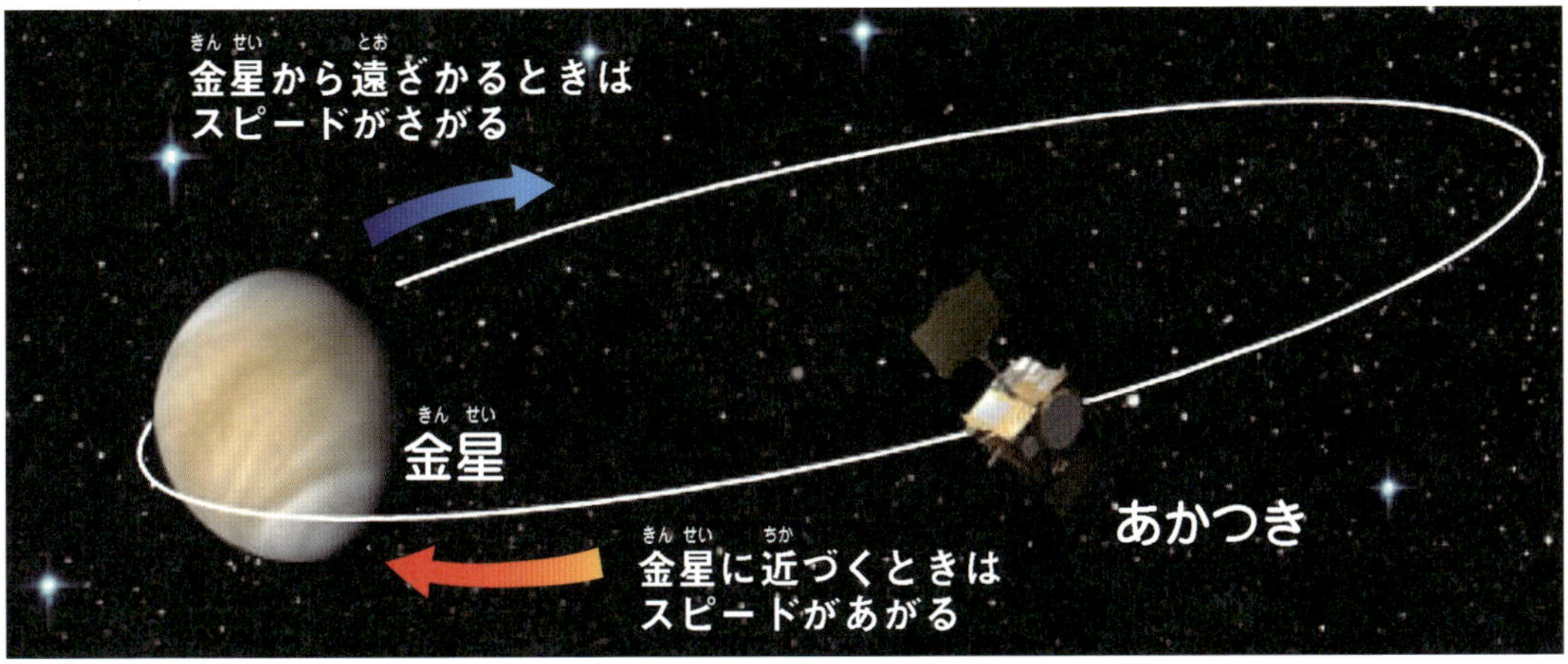

「あかつき」のコースとスピードの関係《かんけい》　金星《きんせい》に近《ちか》づく時《とき》はスピードが速《はや》くなり、遠《とお》ざかる時《とき》はおそくなります。スピードが変化《へんか》していると、地球《ちきゅう》で聞《き》こえる「あかつき」の声《こえ》も変化《へんか》してしまいます。

くカーブを曲《ま》がる。金星《きんせい》からはなれていく時《とき》は逆《ぎゃく》にスピードがおそくなって、反対側《はんたいがわ》のカーブはゆっくり曲《ま》がるんだ。

スピードがいつも変《か》わっていると、地球《ちきゅう》で聞《き》こえるぼくの声《こえ》が、高《たか》くなったり低《ひく》くなったりして聞《き》きとりにくいんだって。

今《いま》は十三日《にち》十四時間《じかん》で一周《しゅう》する楕円《だえん》コースだけれど、少《すこ》しずつ遠《えん》金点《きんてん》を三十〜三十四万《まん》キロメートルまでちぢめて、九日《か》ぐらいで一周《しゅう》できるコースに変更《へんこう》する予定《よてい》もあるよ。

観測準備《かんそくじゅんび》を二〇一六年《ねん》の三月中《がっちゅう》

に終《お》えて、四月《がつ》から本格的《ほんかくてき》に観測《かんそく》をすることも決《き》まった。目標《もくひょう》は二年間《ねんかん》。
二〇一六年《ねん》から二年間《ねんかん》、二〇一八年《ねん》までがんばれたら、七年《ねん》がんばった
はやぶさ兄《にい》さんを追《お》いこせる。でも、打《う》ちあげから九年《ねん》がんばった、
VEX《ベックス》せんぱいにも追《お》いつきたいなぁ。
それからのぼくは、体《からだ》と機械《きかい》のチェックで急《きゅう》にいそがしくなった。
まずは、地球《ちきゅう》にどんどんデータを送《おく》れるように、ずっと太陽《たいよう》に向《む》けてい
た大《おお》きなアンテナの調子《ちょうし》を調《しら》べてもらうことになった。
冷凍機《れいとうき》で冷《ひ》やして使《つか》う2ミクロンカメラの準備《じゅんび》もはじめた。
十二月《がつ》十一日《にち》には、金星《きんせい》を回《まわ》るコースに入《はい》ってから初《はじ》めて、2ミクロン
カメラで金星《きんせい》の写真《しゃしん》をとったよ。
十二月《がつ》十八日《にち》には、2ミクロンカメラの写真《しゃしん》も公開《こうかい》された。七日《か》に最初《さいしょ》
にとった写真《しゃしん》と、だいたい同《おな》じ場所《ばしょ》をうつしたんだよ。
細《こま》かなしまもようがうつせたのは、ぼくが最初《さいしょ》なんだって！

十二月《がつ》二十日《か》。
「あかつき、金星《きんせい》を一周《しゅう》するのに合《あ》わせて、コースを少《すこ》し変《か》えるよ」

「はい！　楕円《だえん》コースを小《ちい》さくして、金星《きんせい》を一周《しゅう》する時間《じかん》を短《みじか》くするんだよね」

「その通《とお》りだ。その前《まえ》に金星《きんせい》の陰《かげ》に入《はい》るから、ちゃんとバッテリーに切《き》りかえるんだよ。それから、姿勢変更《しせいへんこう》エンジンでコース変更《へんこう》だ。これも、前《まえ》もって教《おし》えておいた通《とお》りだからね」

「はい！」

金星《きんせい》に近《ちか》づく時《とき》、ぼくのスピードはあがる。だから、短《みじか》い時間《じかん》でバッテリーの切《き》りかえとエンジンふんしゃをしなくっちゃ。きんちょうしたけれど、予定通《よていどお》り姿勢変更《しせいへんこう》エンジンをふくことができたよ。

十二月《がつ》二十一日《にち》には、ぼくが金星《きんせい》を十・五日間《にちかん》で回《まわ》るようになったことが発表《はっぴょう》された。

金星《きんせい》を回《まわ》るのが二周目《しゅうめ》に入《はい》っても、あいかわらずいそがしい。チームのみんなは、ぼくが少《すこ》しでもいい条件《じょうけん》で金星《きんせい》の観測《かんそく》をできるように、いろいろ考《かんが》えてくれている。

地球《ちきゅう》との会話《かいわ》や観測《かんそく》にいい姿勢《しせい》をとるのに、ぼくは毎日《まいにち》のように姿勢変《しせいへん》更《こう》エンジンをふいている。残《のこ》り少《すく》ない燃料《ねんりょう》を、少《すこ》しでも長持《ながも》ちするよう、むだが出《で》ないようにたくさん計算《けいさん》しているんだって。

もうひとつ、チームのみんながとても気《き》にしているのは、日陰帯《にちいんたい》の長《なが》さだ。

ぼくのバッテリーは充電《じゅうでん》すると、一時間半使《じかんはんつか》うことができる。だから、金星《きんせい》の陰《かげ》に入《はい》っていられるのも一時間半《じかんはん》だ。ただ、バッテリーは、何年《なんねん》も使《つか》っているとだんだん持《も》ちが悪《わる》くなっていくから、陰《かげ》に入《はい》る時間《じかん》はなるべく短《みじか》くすませたい。

十二月三十一日《がつにち》には、二〇一五年最後《ねんさいご》の近金点《きんきんてん》に近《ちか》づく前《まえ》に、一時間《じかん》十五分《ふん》の長《なが》い陰《かげ》に入《はい》った。

みんな、ぼくの電気《でんき》がたりるか、体温《たいおん》がだいじょうぶか、すごくていねいにチェックしてくれたよ。

二〇一六年《ねん》がやってきた。

金星気象衛星《きんせいきしょうえいせい》になってから一か月弱《げつじゃく》。

あいかわらず、機械《きかい》のチェックと観測《かんそく》の準備《じゅんび》が続《つづ》いている。

年《とし》明《あ》けからは、雷《かみなり》カメラのＬＡＣ《ラック》の準備《じゅんび》をはじめたよ。
金星《きんせい》に雷《かみなり》があるかどうか、三十年《ねん》以上《いじょう》も研究《けんきゅう》されているらしい。でも、「雷《かみなり》はある」と「雷《かみなり》はない」という結果《けっか》が半分半分《はんぶんはんぶん》で、答《こた》えが出《で》ていない、なぞのひとつなんだって。

だから、雷《かみなり》カメラで雷《かみなり》をうつせたら、金星《きんせい》のなぞのひとつがとけるよ。ただ、雷《かみなり》の写真《しゃしん》をねらえるのは金星《きんせい》の陰《かげ》に入《はい》っている時《とき》だけ。だから、チャンスは十日《か》に一回《かい》しかやってこない。

次《つぎ》の金星《きんせい》の陰《かげ》が楽《たの》しみだな。

一月《がつ》八日《か》。

「あかつき、十日《か》の近金点《きんきんてん》の時《とき》、金星《きんせい》の陰《かげ》の中《なか》に二時間《じかん》七分《ふん》入《はい》るぞ。体《からだ》がどんどん冷《ひ》えるから、これから出《だ》す宿題《しゅくだい》を覚《おぼ》えてヒーターをうまく使《つか》ってくれよ」

「はいっ！……でも、ぼくのバッテリーって一時間《じかん》半《はん》しかもたないんじゃなかったっけ？」

ちょっとぼくは不安《ふあん》になった。陰《かげ》のとちゅうでバッテリーが切《き》れてしまったら、体《からだ》が冷《ひ》えすぎてしまう。

使《つか》えなくなってしまう機械《きかい》が出《で》てもおかしくないし、最悪《さいあく》の場合《ばあい》は電気《でんき》がたりなくて、ぼくが気《き》を失《うしな》ってしまう可能性《かのうせい》もある。

「あかつきのバッテリーは、金星《きんせい》の観測《かんそく》をはじめて二年後《ねんご》でも、一時間半《じかんはん》は持《も》つようにつくられている。今《いま》はまだ、観測《かんそく》をはじめたばかりだから、一時間半《じかんはん》をこえても、だいじょうぶだよ」

「わぁ、そうなの⁉　よかった！」

「これまでなるべく使《つか》わないでとっておいたから、バッテリーはまだまだ元気《げんき》なんだ。ただ、そうはいっても、バッテリーはだんだん持《も》ちが悪《わる》くなるものだから、一時間半《じかんはん》をこえる日陰《にちいん》には入《はい》らなくてすむように、これから調整《ちょうせい》していくよ」

「はい、わかりました！」

それから、ぼくは二時間《じかん》七分《ふん》の日陰《にちいん》をどうやってのりこえるか、宿題《しゅくだい》をたくさんもらって、しっかり覚《おぼ》えた。

一月《がつ》十日《か》十七時《じ》十一分《ぷん》。

ぼくは、それまでよりずっと長《なが》い、金星《きんせい》の陰《かげ》に入《はい》った。

うでがじんじんと冷《ひ》えていくのを感《かん》じながら、ぼくはヒーターを使《つか》って体《からだ》まで冷《ひ》えないように温《あたた》めた。

それに、この間《あいだ》から準備《じゅんび》をしてきた雷《かみなり》カメラのテストもやったよ。

ぼくは、チームのみんなからいわれた通《とお》り、しんちょうに陰《かげ》の中《なか》をぬけていった。

十九時《じ》十八分《ふん》。

「こちら、あかつき。無事《ぶじ》に陰《かげ》をぬけたよ！　体調《たいちょう》と雷《かみなり》カメラのデータを送《おく》るね！」

「あかつき、おつかれさま！」

ふう。きんちょうしたけれど、また新《あたら》しいことができてよかった。これからも、陰《かげ》を通《とお》る時《とき》は、雷《かみなり》カメラのテストをするみたい。

雷《かみなり》カメラを使《つか》う観測《かんそく》は六月《がつ》ぐらいからになるみたいだけど、いつか雷《かみなり》の写真《しゃしん》がとれたらいいなぁ。

一月《がつ》十二日《にち》には、頭《あたま》の大《おお》きなアンテナの調整《ちょうせい》がうまくいって、早口《はやくち》の大《おお》きな声《こえ》でも会話《かいわ》ができるようになった。

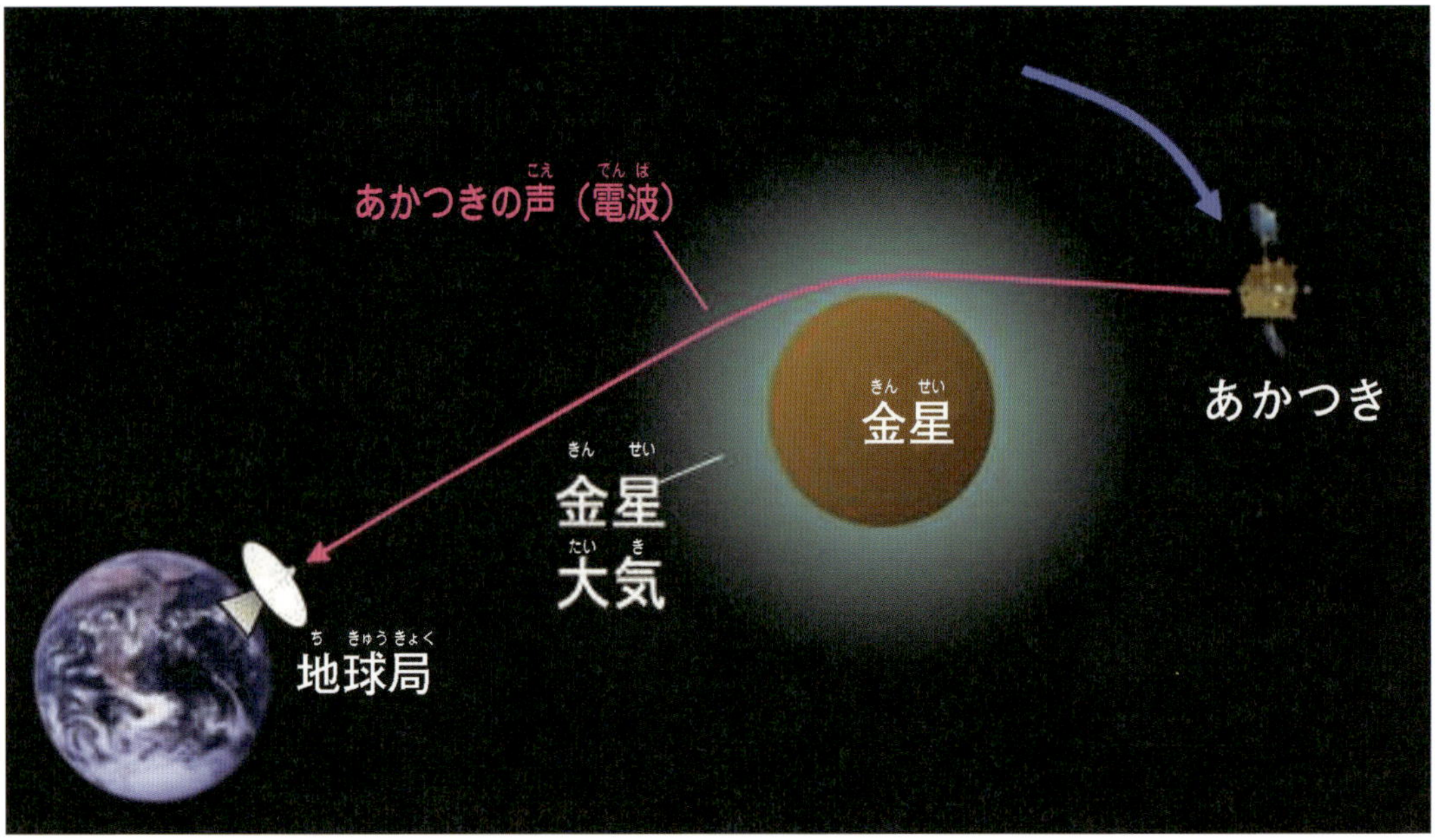

USO《ユーエスオー》を使《つか》った観測《かんそく》　「あかつき」から見《み》て、「地球《ちきゅう》」が金星《きんせい》のうらに回《まわ》りこんだ時《とき》、金星《きんせい》の大気《たいき》をかすめた「あかつき」の声《こえ》（電波《でんぱ》）を地球《ちきゅう》にとどけると、金星《きんせい》の大気《たいき》のようすを調《しら》べることができます。

太陽《たいよう》の周《まわ》りを回《まわ》っている時《とき》は、頭《あたま》のアンテナを日《ひ》がさのようにして体《からだ》を熱《ねつ》から守《まも》っていたけれど、ようやくアンテナとしての仕事《しごと》にもどせる。

今《いま》までためていたデータも、どんどん送《おく》ることができるよ。

二月《がつ》八日《か》には、二〇一一年《ねん》六月《がつ》に太陽《たいよう》コロナの観測《かんそく》に使《つか》ったUSO《ユーエスオー》を、五年《ねん》ぶりに使《つか》えるようにした。

五年前《ねんまえ》には太陽《たいよう》の観測《かんそく》に使《つか》ったけれど、もちろん金星《きんせい》の観測《かんそく》をするために持《も》ってきた機械《きかい》だよ。

USO《ユーエスオー》を使《つか》うと、金星《きんせい》の大《たい》気《き》を垂直方向《すいちょくほうこう》（地面《じめん》から空《そら》に向《む》かって）に調《しら》べることができる。

三月《がつ》四日《か》、三月《がつ》二十五日《にち》には、観測《かんそく》もできたよ。

これで、持《も》ってきた機械《きかい》は全部《ぜんぶ》、使《つか》ったか、スイッチを入《い》れることができた。

さぁ、いよいよこれからが本格観測《ほんかくかんそく》のはじまりだ。がんばって、金星《きんせい》のなぞに、どんどんせまっていくね。

10 金星《きんせい》のなぞにせまる

二〇一六年《ねん》四月《がつ》になった。

いよいよ、準備《じゅんび》ができたところから、本格観測《ほんかくかんそく》をはじめていく。

これまで、時間《じかん》をかけて準備《じゅんび》をしてきたから、いい写真《しゃしん》がとれるんじゃないかなって、ぼくもワクワクしているんだ。

本格観測《ほんかくかんそく》では、五台《だい》のカメラとUSO《ユーエスオー》を使《つか》って、金星大気《きんせいたいき》が立体的《りったいてき》にどう動《うご》くかを調《しら》べて、金星《きんせい》のなぞにせまっていくよ。

ただ、紫外線《しがいせん》カメラは金星《きんせい》の昼側専用《ひるがわせんよう》、雷《かみなり》カメラは金星《きんせい》の夜側専用《よるがわせんよう》（陰《かげ》にいる時《とき》）というように、同時《どうじ》に使《つか》えないカメラもある。

だから、時間《じかん》や時期《じき》を工夫《くふう》して写真《しゃしん》をとっていくんだ。

ぼくに一番期待《ばんきたい》されているのは、地球《ちきゅう》では考《かんが》えられないスピードでふいている風《かぜ》『*スーパーローテーション』のしくみをとく手助《てだす》けをすること。

「火山《かざん》があるか」、「雷《かみなり》があるか」というなぞにもせまるよ。

ぼくの強《つよ》みは、赤道方向《せきどうほうこう》の写真《しゃしん》をとれることと、いくつものカメラで一《いっ》定時間《ていじかん》ごとにとった写真《しゃしん》を組《く》みあわせて、細《こま》かな変化《へんか》をアニメーションにできること！

今《いま》まで、外国《がいこく》の宇宙船《うちゅうせん》が金星《きんせい》をいろいろと調《しら》べてきたけれど、みんな北極《ほっきょく》と南極《なんきょく》をぐるりと回《まわ》って写真《しゃしん》をとっていたから、金星《きんせい》の姿《すがた》をアニメーションにできた宇宙船《うちゅうせん》はいない。ぼくは、ぼくにしかとれない写真《しゃしん》で、金星《きんせい》のなぞにせまりたいと思《おも》っている。

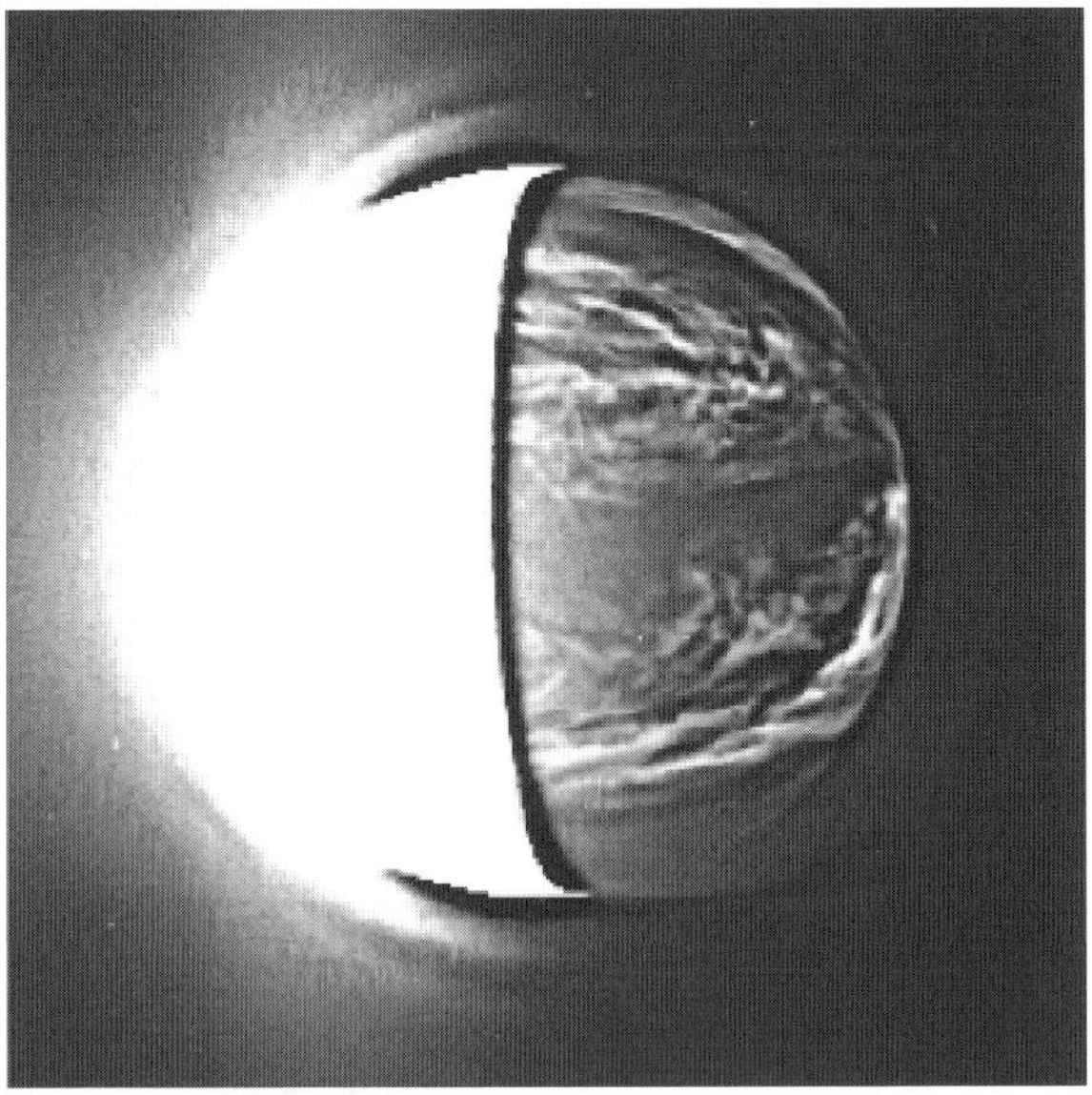

スーパーローテーションを観測《かんそく》した時《とき》の写真《しゃしん》　2016年《ねん》３月《がつ》29日《にち》、２ミクロンカメラで４時間《じかん》おきに写真《しゃしん》をとり、スーパーローテーションの動《うご》きを観測《かんそく》した写真《しゃしん》の１枚《まい》。金星《きんせい》との距離《きょり》は、およそ36万《まん》キロメートルです。

じつは、三月《がつ》二十九日《にち》には、２ミクロンカメラを使《つか》って、四時間《じかん》ごとに金星《きんせい》をうつしたんだ。

それをアニメーションにしたら、スーパーローテーションの動《うご》きをとらえることができたんだ。もちろん、世界初《せかいはつ》の画像《がぞう》だよ！

＊「スーパーローテーション」については、101ページにくわしい説明《せつめい》があります。

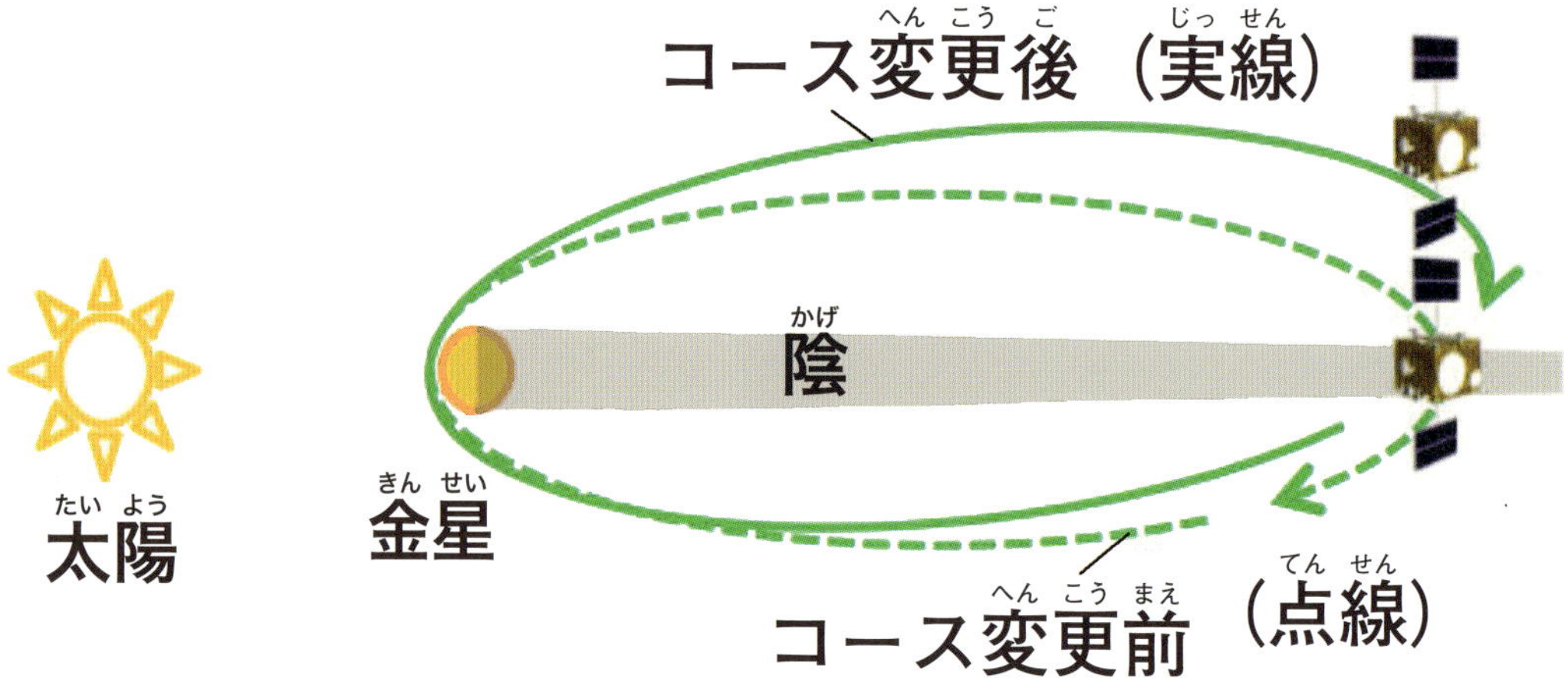

2016年《ねん》4月《がつ》4日《か》のコース変更《へんこう》 金星《きんせい》から最《もっと》もはなれた遠金点《えんきんてん》では「あかつき」の速度《そくど》がおそくなり、日陰帯《にちいんたい》にいる時間《じかん》が長《なが》くなります。そこで、陰《かげ》に入《はい》るタイミングを遠金点《えんきんてん》からずらすコース変更《へんこう》を行《おこな》いました。

四月《がつ》四日《か》。

「あかつき、今日《きょう》は、頭《あたま》の姿勢《しせい》変《へん》更《こう》エンジンをふいて、ひさしぶりにコースを変更《へんこう》するよ」

「ぼく、へんな飛《と》び方《かた》をしているの？」

「いや、金星《きんせい》を観測《かんそく》できる期間《きかん》を長《なが》くするためだ。今《いま》のコースは八百日《にち》をすぎるころ、バッテリーではもたない、長《なが》い陰《かげ》に入《はい》ってしまうんだ。それを、二千日《せんにち》まで観測《かんそく》できるようにするからね」

「わぁ、コース変更《へんこう》すれば、今《いま》より倍以上《ばいいじょう》長《なが》く観測《かんそく》できるんだね」

「そうなんだ。十五秒《びょう》ふいてくれ

ればいいからね」

「はい、わかりました！」

ひさしぶりのコース変更《へんこう》で、きんちょうしたけれど、ぼくは姿勢変更《しせいへんこう》エンジンをきっちりふいたよ。

今《いま》まで十・五日間《にちかん》で金星《きんせい》を一周《しゅう》していたけれど、新《あたら》しいコースは十・八日間《にちかん》で金星《きんせい》を一周《しゅう》する。小《ちい》さなコース変更《へんこう》だから、金星《きんせい》は今《いま》までと同《おな》じように見《み》えるんだ。


四月《がつ》二十八日《にち》には、まだテスト中《ちゅう》の雷《かみなり》カメラをのぞく四台《だい》のカメラとＵＳＯ《ユーエスオー》が、本格観測《ほんかくかんそく》に入《はい》ったと発表《はっぴょう》されたよ。


六月《がつ》十六日《にち》から八月一日《がつついたち》にかけては、２ミクロンカメラで連続《れんぞく》して金星《きんせい》の写真《しゃしん》をとりつづけた。この写真《しゃしん》もアニメーションにしてもらったんだ。

金星《きんせい》が近《ちか》づいたり遠《とお》ざかったりするようす、金星《きんせい》の雲《くも》が動《うご》いていくようす、金星《きんせい》が満《み》ち欠《か》けするようすも、よくわかるんだよ。みんなにも、見《み》てほしいな。

ぼくは、観測《かんそく》のためのスケジュールを、しょっちゅうもらって、時間通《じかんどお》りに姿勢《しせい》を変《か》えたり、写真《しゃしん》をとったり、データを送《おく》ったり、いそがしくすごしている。

ぼくの観測《かんそく》で、金星《きんせい》の知《し》られていなかった姿《すがた》をどんどん写真《しゃしん》にして送《おく》っているよ。

ぼくがとった写真《しゃしん》は、大勢《おおぜい》の研究者《けんきゅうしゃ》さんたちが、金星《きんせい》のなぞをとく、手《て》がかりにしてくれている。

金星《きんせい》のなぞをとくためには、時間《じかん》がかかるけれど、わかったことは、これからどんどん発表《はっぴょう》されていくんだって。

二〇一七年《ねん》一月《がつ》には、ぼくがうつした、金星《きんせい》の弓状《ゆみじょう》のもようがあらわれるわけがわかったと発表《はっぴょう》があったよ。

弓状《ゆみじょう》のもようは、大気《たいき》の低《ひく》いところで生《う》まれたうねりが、雲《くも》のてっぺんまでつたわったものなんだって。だから、雲《くも》のてっぺんを観測《かんそく》すると、大《たい》気《き》の低《ひく》いところのようすを予想《よそう》できるみたい。

みんな、覚《おぼ》えている？

弓状《ゆみじょう》のもようの写真《しゃしん》は、ぼくが金星《きんせい》を回《まわ》るコースに入《はい》った、二〇一五年《ねん》十二月《がつ》七日《か》にとった写真《しゃしん》なんだ！

その知《し》らせを聞《き》いて、ぼくはうれしくて胸《むね》がいっぱいになった。

初《はじ》めてとった写真《しゃしん》に、だれも見《み》たことがないもようがうつっていた。しかも、そのもようを研究者《けんきゅうしゃ》のひとたちが調《しら》べて、新《あたら》しいことがわかるなんて、すてきなことだよね？

ぼく、本当《ほんとう》に金星気象衛星《きんせいきしょうえいせい》になれてよかった。

これからも、ぼくはだれも見《み》たことがない写真《しゃしん》を、たくさんとっていくよ！　そして、カメラがひとつでも元気《げんき》なら、二千日《せんにち》をこえても観測《かんそく》を続《つづ》けていくんだ！

ぼくがうんと長生《ながい》きして役目《やくめ》を終《お》えるまで、みんながぼくのことを、ずっと応援《おうえん》しつづけてくれたらうれしいな。

ひょっとしたら、未来《みらい》のぼくがとった金星《きんせい》の写真《しゃしん》のなぞをとくのは、未《み》来《らい》のキミかもしれないね！

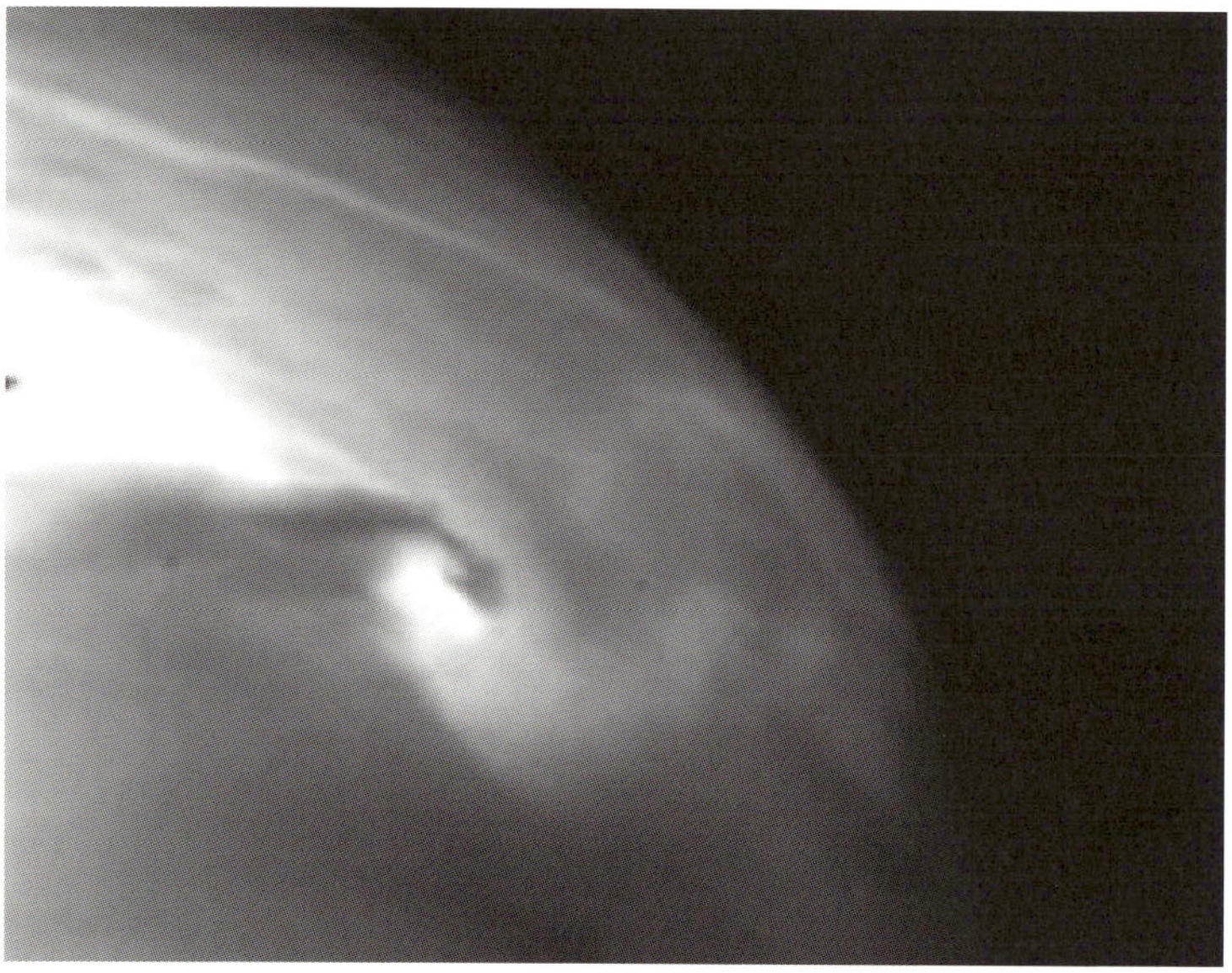

金星《きんせい》の雲《くも》の底《そこ》の方《ほう》にあらわれた大気《たいき》の「うず」 2ミクロンカメラがとらえた、雲《くも》の底《そこ》の方《ほう》にあらわれた大気《たいき》の「うず」。金星《きんせい》で大気《たいき》のうずが見《み》つかったのは、世界《せかい》で初《はじ》めてです。2016年《ねん》5月《がつ》17日撮影《にちさつえい》。

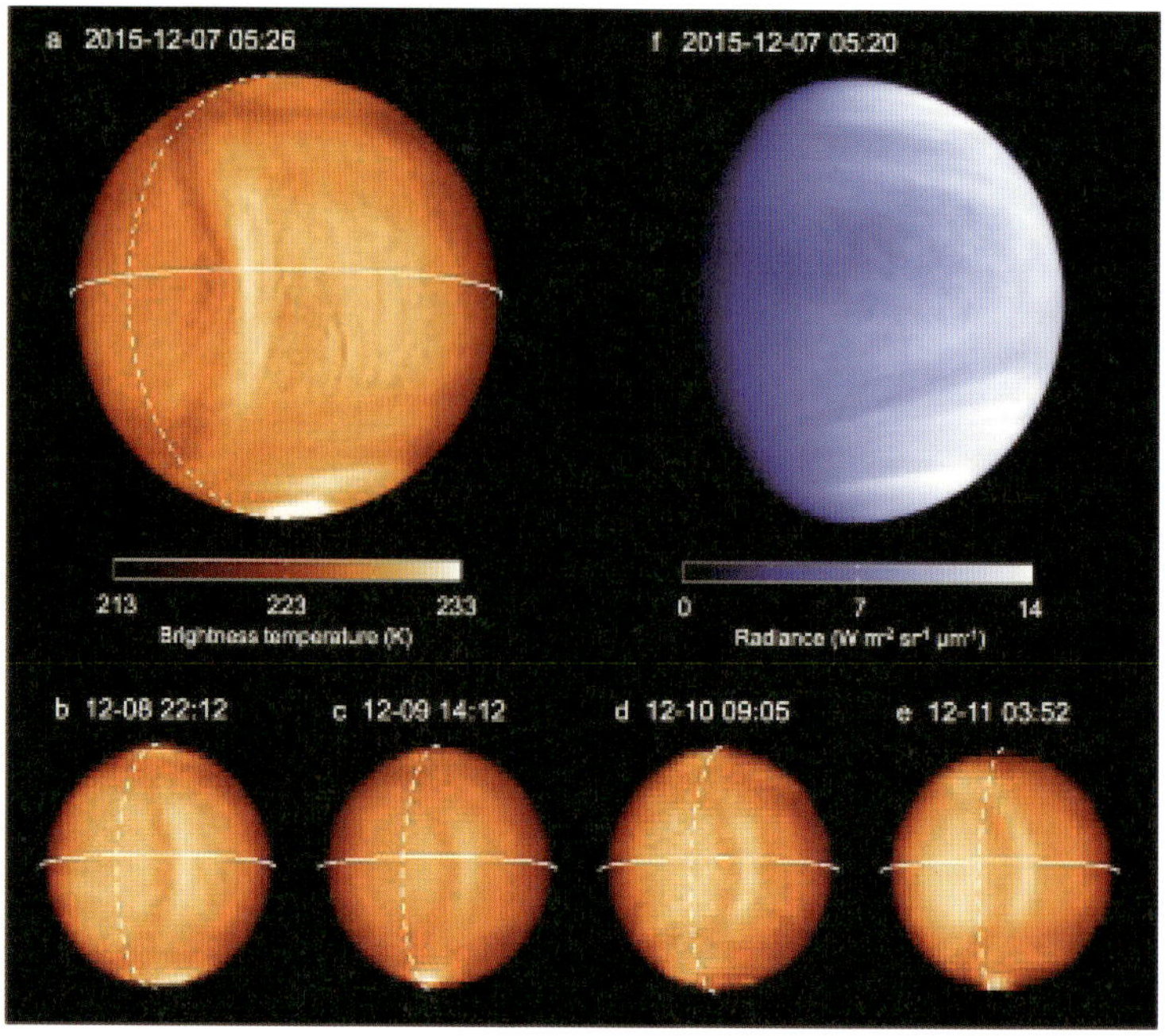

中間赤外《ちゅうかんせきがい》カメラがとらえた弓状《ゆみじょう》もよう 2015年《ねん》12月《がつ》7日《か》から11日《にち》まで、ほぼ同《おな》じ場所《ばしょ》に弓状《ゆみじょう》もようがあらわれているのがわかります。右上《みぎうえ》の紫外線《しがいせん》カメラの写真《しゃしん》でも、かすかに弓状《ゆみじょう》もようがとらえられました。

おわりに ～これからも続《つづ》くミッション～

ぼくが二〇一五年十二月七日に、金星気象衛星《きんせいきしょうえいせい》になってから、一年《ねん》七か月《げつ》がすぎた。地球《ちきゅう》を飛《と》びたってからは、もう七年《ねん》二か月《げつ》だよ。

金《きん》ピカだったぼくの服《ふく》は、太陽《たいよう》の周《まわ》りを回《まわ》っている間《あいだ》に、あめ色《いろ》になってしまったし、頭《あたま》のアンテナはチョコレート色《いろ》になってしまった。熱《あつ》さのきびしいコースをよけいに五年《ねん》も回《まわ》ったから、体《からだ》は少《すこ》しずついたんできている。

でも、ぼくのやる気《き》は、少《すこ》しも変《か》わっていない。

スーパーローテーションのしくみや、火山《かざん》が今《いま》も活動《かつどう》しているのか、雷《かみなり》はあるのか……といった、なぞの答《こた》えをぼくも知《し》りたいから。

金星《きんせい》のなぞをとくには、たくさんの時間《じかん》とたくさんのデータが必要《ひつよう》だ。だから、ぼくはうんと長生《ながい》きして、金星《きんせい》のようすを地球《ちきゅう》に送《おく》りつづけるよ。

そうそう。２ミクロンカメラで二〇一六年《ねん》七月《がつ》から八月《がつ》にとった写真《しゃしん》からは、金星《きんせい》の大気《たいき》の低《ひく》いところで、風《かぜ》の速《はや》さが大《おお》きく変《か》わっているらしいこともわかったんだ。

これから新《あたら》しくわかることも、まだまだたくさんありそうだね！

ただ、二〇一六年《ねん》十二月《がつ》から、1ミクロンカメラと2ミクロンカメラのスイッチが入《はい》らなくなっているんだ。だいぶ長《なが》いこと宇宙《うちゅう》を飛《と》んだから、機械《きかい》がいたんできているみたい。二〇一七年《ねん》三月《がつ》には、二台《だい》のカメラを休《やす》ませることが決《き》まった。でも、チームのみんなは、どうしたらまたスイッチが入《はい》るのか考《かんが》えてくれているよ。

二台《だい》のカメラを使《つか》える日《ひ》が、またくるといいな。

ぼく自身《じしん》は、二〇一八年《ねん》十二月《がつ》に、もう一度《ど》コース変更《へんこう》をする予定《よてい》でいるよ。この変更《へんこう》をしないと、金星《きんせい》の陰《かげ》にいる時間《じかん》が一時間半《じかんはん》をこえることがふえるからなんだって。

でもこれって、二〇一九年《ねん》から先《さき》もずっと、ミッションを続《つづ》けてほしいってことだよね。期待《きたい》されて、ぼくはとってもうれしい！

ぼくがかつやくしている間《あいだ》に、大《おお》きななぞが、いくつかとけるといいなぁ！

金星気象衛星《きんせいきしょうえいせい》の、ぼくのミッションは、これからも続《つづ》く。

そして、ぼくがとる金星《きんせい》の写真《しゃしん》を通《とお》して、みんなが金星《きんせい》の気象《きしょう》や地球《ちきゅう》の気象《きしょう》にも興味《きょうみ》を持《も》ってくれたらうれしいな。

みんなが、金星《きんせい》について「知《し》りたい」と思《おも》ってくれること、そして新《あたら》しくわかったことを「理解《りかい》」して、「もっと知《し》りたい」と思《おも》ってくれること。

――それが、ぼくの一番《ばん》の元気《げんき》のもとになるんだよ！

※このお話《はなし》は、二〇一七年《ねん》七月《がつ》三十一日《にち》の時点《じてん》でわかっている事実《じじつ》と、科学者《かがくしゃ》の推測《すいそく》をもとに、あかつきを擬人化《ぎじんか》し再構成《さいこうせい》しています。

●「あかつき」●用語《ようご》の解説《かいせつ》●

1★ ロケットエンジンってなあに？

ロケットエンジンは、宇宙船《うちゅうせん》を進《すす》めたり、向《む》きを変《か》えたりするための装置《そうち》のこと。スラスタともいうよ。同《おな》じ意味《いみ》で使《つか》うこともあるし、進《すす》む力《ちから》が大《おお》きいものをエンジン、力《ちから》が弱《よわ》くて補助《ほじょ》的《てき》なものをスラスタと、分《わ》けてよぶ場合《ばあい》もあるんだ。

　ロケットエンジンには、燃料《ねんりょう》と酸化剤《さんかざい》（酸素《さんそ》のない宇宙《うちゅう》で燃料《ねんりょう》を燃《も》やすためのガス）を使《つか》って大《おお》きな力《ちから》を生《う》みだす『二液式《にえきしき》スラスタ』と、燃《ねん》料《りょう》だけを使《つか》って小《ちい》さな力《ちから》を生《う》みだす『一液式《いちえきしき》スラスタ』があるよ。ぼくは、両方《りょうほう》持《も》っている。

　おしりについていて、スカートのように広《ひろ》がった形《かたち》をしているのが、二液式《にえきしき》スラスタの『セラミックスラスタ』。金星《きんせい》へ行《い》くためのコース変更《へんこう》に使《つか》うから、軌道制御《きどうせいぎょ》エンジン（本文中《ほんもんちゅう》では「コース変更《へんこう》エンジン」）ともよんでいるよ。

　そして、頭側《あたまがわ》とおしり側《がわ》の、それぞれ四すみについているのが、一液式《いちえきしき》スラスタの小型《こがた》ロケットエンジン。姿勢《しせい》を変《か》えるのに使《つか》うから、姿《し》勢制御《せいせいぎょ》エンジン（本文中《ほんもんちゅう》では「姿勢変更《しせいへんこう》エンジン」）ともよんでいるよ。

　二〇一〇年《ねん》十二月《がつ》七日《か》の、金星周回軌道投入《きんせいしゅうかいきどうとうにゅう》（金星《きんせい》を回《まわ》るコースに入《い》れること）に失敗《しっぱい》して、セラミックスラスタはなくなってしまった。だから、五年後《ねんご》の二〇一五年《ねん》十二月《がつ》七日《か》の再《さい》チャレンジの時《とき》には、ぼくは姿勢制御《しせいせいぎょ》エンジンを使《つか》って、金星《きんせい》を回《まわ》るコースに入《はい》ったんだよ！

セラミックスラスタを地上《ちじょう》で噴射《ふんしゃ》させている実験《じっけん》の写真《しゃしん》

2★ 五台《だい》のカメラには、どんなちがいがあるの？

５ページの上《うえ》のイラストの丸《まる》の中《なか》は、五種類《しゅるい》のカメラで金星《きんせい》をとった時《とき》のイメージなんだ（区別《くべつ》しやすいように色《いろ》をつけているよ）。

上《うえ》から順《じゅん》に、「雷《かみなり》・大気光《たいきこう》カメラ（ＬＡＣ《ラック》）（本文中《ほんもんちゅう》では「雷《かみなり》カメラ」）」、「中間赤外《ちゅうかんせきがい》カメラ（ＬＩＲ《エルアイアール》）」、「紫外線《しがいせん》カメラ（ＵＶＩ《ユーブイアイ》）」、「１ミクロンカメラ（ＩＲ１《アイアールワン》）」、「２ミクロンカメラ（ＩＲ２《アイアールツー》）」となっているよ。

ＬＡＣ《ラック》は、金星《きんせい》に雷《かみなり》があるかを調《しら》べるカメラだよ。一秒間《びょうかん》に、三万枚《まんまい》もの写真《しゃしん》をとることができるんだ。ただ、金星《きんせい》の夜側《よるがわ》しか使《つか》うことができないよ。

ＬＩＲ《エルアイアール》は、金星《きんせい》の雲《くも》の上《うえ》の方《ほう》を見《み》るカメラだよ。金星《きんせい》を回《まわ》るコースに入《はい》った日《ひ》に、大《おお》きな弓《ゆみ》状《じょう》のもようをうつしたのは、このカメラなんだ。

ＵＶＩ《ユーブイアイ》は、硫酸《りゅうさん》の雲《くも》の動《うご》きを調《しら》べるカメラだよ。それと、あることはわかっているけれど、正体《しょうたい》がわかっていない物質《ぶっしつ》が、どんなふうにあるかも調《しら》べるんだ。

ＩＲ１《アイアールワン》は、金星《きんせい》のぶあつい雲《くも》をすかして地表《ちひょう》近《ちか》くをうつせるカメラだよ。火山《かざん》があるかどうかも調《しら》べるんだ。

ＩＲ２《アイアールツー》も、金星《きんせい》のぶあつい雲《くも》をすかして見《み》るカメラだよ。雲《くも》の濃《こ》さや、雲《くも》のつぶの大《おお》きさ、大気《たいき》の流《なが》れを観察《かんさつ》するよ。大気《たいき》の低《ひく》いところで、風《かぜ》の速《はや》さが大《おお》きく変《か》わっているらしいことをつきとめたのは、このカメラなんだ。

五種類《しゅるい》のカメラをうまく組《く》みあわせて使《つか》って、金星《きんせい》の大気《たいき》を立体的《りったいてき》に観測《かんそく》して、いろいろななぞをといていくんだ（４ページの下《した》の図《ず》を参照《さんしょう》）。

3★ セラミックスラスタってなあに？

「セラミック」でできた「スラスタ（エンジン）」のこと。セラミックは、材料《ざいりょう》を焼《や》きかためてできる製品《せいひん》のことだよ。身近《みぢか》なものでは、陶磁器《とうじき》のお茶《ちゃ》わんがセラミック。でも、ロケットに使《つか》うセラミックは、もっとじょうぶで熱《ねつ》にも強《つよ》い。

今《いま》、多《おお》く使《つか》われているロケットエンジンは、金属製《きんぞくせい》で熱《ねつ》にあまり強《つよ》くない。熱《ねつ》にたえるコーティング（表面《ひょうめん》を塗料《とりょう》や、うすい膜《まく》でぴったりとおおうこと）はするけれど、この技術《ぎじゅつ》は海外《かいがい》のもので、日本《にほん》ではできないんだ。

それで、日本《にほん》が得意《とくい》なセラミックでスラスタをつくることになったんだ。セラミックは金属《きんぞく》よりも熱《ねつ》に強《つよ》いから、海外《かいがい》へ持《も》っていってコーティングする必要《ひつよう》もないよ。

そして、セラミックスラスタを初《はじ》めて宇宙《うちゅう》で使《つか》ったのがぼく。ぼくのは、とちゅうでこわれてしまったけれど、セラミックだからこわれたわけではないよ。もし、ぼくが金属《きんぞく》のエンジンをつんでいたら、もっと大《おお》きな事故《じこ》になっていたかもしれないんだって。

今後《こんご》、二〇二〇年《ねん》に打《う》ちあげを目《め》ざしている、小型月着陸実証機《こがたつきちゃくりくじっしょうき》SLIM《スリム》でも、セラミックスラスタを使《つか》う予定《よてい》でいるよ。これから、セラミックスラスタが広《ひろ》まっていくかもしれないね。

4★ 日陰帯《にちいんたい》ってなあに？

太陽《たいよう》の周《まわ》りを回《まわ》る金星《きんせい》には、必《かなら》ず太陽《たいよう》の光《ひかり》があたらない陰《かげ》の部分《ぶぶん》がある。この陰《かげ》のことを「日陰帯《にちいんたい》」というよ。

金星《きんせい》を回《まわ》っているぼくは、一周《しゅう》する間《あいだ》に、この日陰帯《にちいんたい》の中《なか》へ入《はい》ってしまうことがある。ただ、太陽《たいよう》と金星《きんせい》の位置《いち》はいつも変《か》わっていくから、日陰帯《にちいんたい》に入《はい》る時期《じき》と、入《はい》らない時期《じき》が、だいたい四か月《げつ》ごとに入《い》れかわるよ。

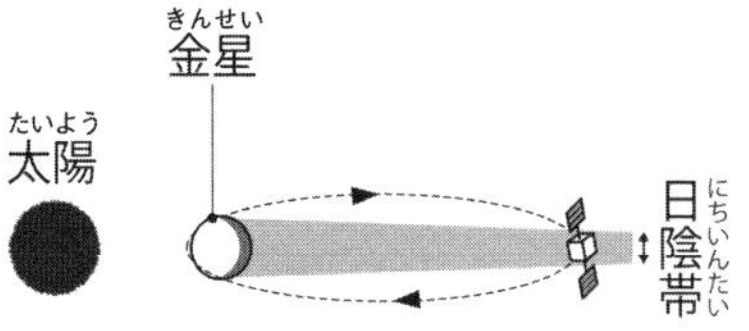

日陰帯《にちいんたい》のイメージ図《ず》 金星《きんせい》が太陽《たいよう》に照《て》らされてできる陰《かげ》のことを「日陰帯《にちいんたい》」とよびます。「あかつき」は、バッテリーが持《も》つ1時間半《じかんはん》の間《あいだ》に日陰帯《にちいんたい》を通過《つうか》できるようにしています。

日陰帯《にちいんたい》の中《なか》にいる間《あいだ》は、太陽《たいよう》の光《ひかり》がぼくの太陽電池《たいようでんち》パネルにあたらないから、電気《でんき》がつくれない。この間《あいだ》、ぼくはバッテリーを使《つか》って、体《からだ》を温《あたた》めたり機械《きかい》を動《うご》かしたりしているんだ。

ただ、ぼくのバッテリーは、金星《きんせい》を観測《かんそく》するようになって二年後《ねんご》には、一時間半《じかんはん》くらいで切《き》れてしまうようになる。バッテリーが切《き》れてしまうと、必要《ひつよう》な電気《でんき》がたりなくて、機械《きかい》が止《と》まってしまったり、ぼくもねむったままになってしまうんだ。

ぼくが二〇一〇年《ねん》に入《はい》るはずだったコースなら、バッテリーが一時間半《じかんはん》もてば十分《じゅうぶん》だった。けれど、二〇一五年《ねん》に入《はい》ったコースは、最初《さいしょ》のコースより日陰帯《にちいんたい》が長《なが》くなりやすいんだ。

だから、日陰帯《にちいんたい》を通《とお》りすぎるのに一時間半《じかんはん》をこえないよう、これまで二回《かい》コースを変更《へんこう》したよ。二〇一八年《ねん》十二月《がつ》にも、日陰帯《にちいんたい》が長《なが》くなりすぎないように、コース変更《へんこう》をする予定《よてい》なんだ。

5★　三種類《しゅるい》のアンテナには、どんなちがいがあるの？

ぼくは、頭《あたま》に大型《おおがた》アンテナをひとつ、体《からだ》の右《みぎ》側《がわ》に中型《ちゅうがた》アンテナをふたつ、おなかと背中《せなか》に小《こ》型《がた》アンテナをひとつずつ持《も》っている。

大《だい》・中《ちゅう》・小《しょう》のアンテナは、それぞれ『高利得《こうりとく》アンテナ』『中利得《ちゅうりとく》アンテナ』『低利得《ていりとく》アンテナ』ってよばれているよ。

大《おお》きいアンテナほど、地球《ちきゅう》でぼくの声《こえ》がよく聞《き》こえるし、データも短《みじか》い時間《じかん》でたくさん送《おく》ることができる。

それなら、全部《ぜんぶ》大《おお》きなアンテナでしゃべればいいのにって思《おも》うかもしれないね。でも、残念《ざんねん》ながらそうはいかないんだ。

大《おお》きなアンテナは、ぼくの声《こえ》がとどく範囲《はんい》が、ビームみたいにとてもせまい。逆《ぎゃく》に小《ちい》さいアンテナは、両手《りょうて》を広《ひろ》げたくらいの範囲《はんい》に地球《ちきゅう》がいれば、声《こえ》をとどけることができるんだ。

だから、ぼくから見《み》て地球《ちきゅう》がよく見《み》えていれば大《おお》きなアンテナ、はしっこの方《ほう》に見《み》えている時《とき》や、安全《あんぜん》モードの時《とき》は小《ちい》さいアンテナ、とい

「あかつき」の高利得《こうりとく》アンテナ（白丸部分《しろまるぶぶん》）中《ちゅう》央《おう》の大《おお》きい方《ほう》が送信用《そうしんよう》、右上《みぎうえ》の小《ちい》さい方《ほう》が受信《じゅしん》用《よう》のアンテナ。白《しろ》いのはカバーの色《いろ》で、アンテナ本体《ほんたい》は10円玉《えんだま》のような色《いろ》をしています。

うように、使《つか》いわけをしているんだ。

ぼくの大型《おおがた》アンテナは丸《まる》い『平面《へいめん》アンテナ』で、新《あたら》しく開発《かいはつ》してもらったんだよ。ぼくより前《まえ》の宇宙船《うちゅうせん》のアンテナは、パラボラアンテナといって、おわん型《がた》をしている。パラボラアンテナは、中心《ちゅうしん》が太陽《たいよう》の熱《ねつ》を集《あつ》めやすいのが欠点《けってん》だったけれど、ぼくのは平《たい》らだから熱《ねつ》に強《つよ》いんだ。

ただ、ぼくのアンテナは送信用《そうしんよう》と受信用《じゅしんよう》のふたつが必要《ひつよう》だ。大《おお》きい方《ほう》が送信用《そうしんよう》。アンテナそのものは、十円玉《えんだま》みたいな色《いろ》だけど、色《いろ》が濃《こ》いと太陽《たいよう》の熱《ねつ》をためやすくなるから、白《しろ》いカバーをつけているよ。

五年間《ねんかん》も金星《きんせい》より太陽《たいよう》に近《ちか》づいたことを考《かんが》えると、平面《へいめん》アンテナにしてもらっておいて、本当《ほんとう》によかったよ。

6★ USO《ユーエスオー》ってなあに?

USO《ユーエスオー》は「超高安定発振器《ちょうこうあんていはっしんき》」という機械《きかい》のこと。簡単《かんたん》にいうと、いつも同《おな》じ大《おお》きさで同《おな》じ高《たか》さの声《こえ》を正確《せいかく》に出《だ》す装置《そうち》なんだ。ぼくが持《も》っている観測装置《かんそくそうち》の中《なか》で、カメラじゃないのはUSO《ユーエスオー》だけだよ。

USO《ユーエスオー》の役割《やくわり》は、金星《きんせい》の大気《たいき》を垂直《すいちょく》（地表《ちひょう》から空《そら》）方向《ほうこう》に調《しら》べること。観測《かんそく》する時《とき》は、決《き》められた時間《じかん》に決《き》められたセリフを、金星《きんせい》の向《む》こう側《がわ》にいる地球《ちきゅう》に向《む》かってひとりでしゃべるんだ。金星《きんせい》の大気《たいき》の中《なか》を通《とお》って地球《ちきゅう》にとどくぼくの声《こえ》は、もとの声《こえ》とは大《おお》きさや高《たか》さがちがって聞《き》こえるんだって。このちがいを調《しら》べると、金星《きんせい》の大気《たいき》の温度《おんど》が高度《こうど》によってどうちがうか、硫酸《りゅうさん》の湯気《ゆげ》がどの高度《こうど》に、どのくらいの濃《こ》さであるのか、といったことがわかるよ（84ページの図《ず》を参照《さんしょう》）。

USO《ユーエスオー》は、太陽《たいよう》コロナの観測《かんそく》もできる（49ページの図《ず》を参照《さんしょう》）。二〇一一年《ねん》のぼくの観測《かんそく》で、太陽風《たいようふう》（一番太陽《ばんたいよう》に近《ちか》い側《がわ》がコロナ）がどんなふうにスピードをあげているかがわかったって、二〇一四年《ねん》十二月《がつ》に発表《はっぴょう》されたんだ。

コロナの観測《かんそく》は、じつは金星《きんせい》を調《しら》べることにもつながるよ。太陽風《たいようふう》は、金星《きんせい》の上《うえ》の方《ほう》にある大気《たいき》をうばっているんだって。四十六億年《おくねん》という長《なが》い時間《じかん》をかけて、太陽風《たいようふう》が金星《きんせい》の大気《たいき》の中《なか》身《み》を変《か》えたかもしれないんだ。金星《きんせい》がどんな道《みち》をあゆんできたのか、知《し》る手《て》がかりになるといいね。

7★スーパーローテーションって、どんな風《かぜ》？

スーパーローテーションとは、金星大気《きんせいたいき》の上《じょう》層《そう》（高度約《こうどやく》六十五キロメートル）でふく、猛《もう》スピードの東風《ひがしかぜ》のことだよ。

速《はや》さは、一秒間《びょうかん》に百メートル、時速《じそく》にするとおよそ三百六十キロメートルにもなるんだ。日《に》本《ほん》一速《はや》い東北新幹線《とうほくしんかんせん》の最高時速《さいこうじそく》が三百二十キロメートルだから、それよりもっと速《はや》い風《かぜ》がふいているんだね。

スーパーローテーションは、地球《ちきゅう》の四日《か》で金《きん》星《せい》を一周《しゅう》してしまう。これは、自転《じてん》の六十倍《ばい》にもなる速《はや》さなんだ。

スーパーローテーションを確認《かくにん》したのは、アメリカの金星探査機《きんせいたんさき》マリナー10号《ごう》。今《いま》から四十年《ねん》以上《いじょう》も前《まえ》の一九七四年《ねん》のことだったんだ。けれど、太陽系《たいようけい》の惑星《わくせい》で、〝自転《じてん》より速《はや》い風《かぜ》がふく惑星《わくせい》〟は金星《きんせい》しかないから、いまだにしくみがよくわかっていないんだ（惑星以外《わくせいいがい》では、土《ど》星《せい》の衛星《えいせい》〔月《つき》〕タイタンでスーパーローテーションがあることがわかっている）。

しかも、VEX《ベックス》せんぱいが観測《かんそく》している間《あいだ》に、スーパーローテーションが速《はや》くなっているという報告《ほうこく》もあったんだ。

金星《きんせい》には、いろいろななぞがあるけれど、スーパーローテーションは、金星《きんせい》の気象《きしょう》メカニズムの最大《さいだい》のなぞといえるかもしれないね。

ぼくは、このなぞをとく手《て》がかりになるように、カメラやUSO《ユーエスオー》を使《つか》ってたくさんのデータを集《あつ》めているんだよ！

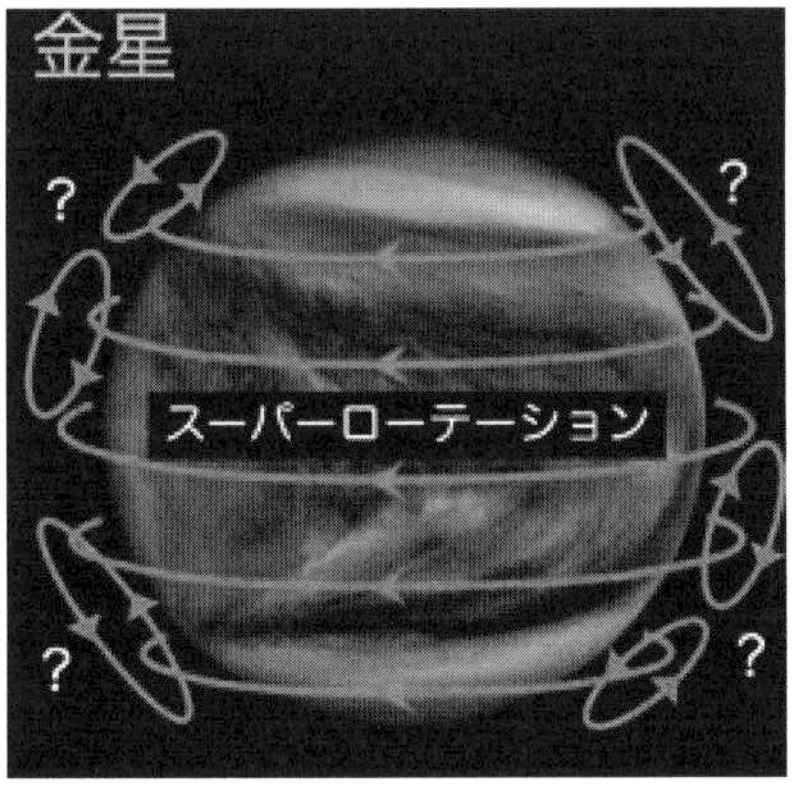

「スーパーローテーション」のイメージ図《ず》
金星大気《きんせいたいき》の上層《じょうそう》では時速《じそく》360キロメートルの東風《ひがしかぜ》「スーパーローテーション」がふいていますが、どのようなしくみかはまだわかっていません。

●メッセージ

「今《いま》なすべきことを考《かんが》え、人生《じんせい》の設計図《せっけいず》をえがこう」

中村《なかむら》 正人《まさと》（「あかつき」プロジェクトマネージャ）

わたしはあかつきプロジェクトのとりまとめをしています。この仕事《しごと》（プロジェクトマネージャ）というのは、宇宙科学《うちゅうかがく》の場合《ばあい》、衛星《えいせい》ごとに異《こと》なっているようです。細《こま》かな衛星《えいせい》の組《く》みたて手順《てじゅん》も、だれにいくらお金《かね》をはらって何《なに》をつくってもらうかも、こと細《こま》かに決《き》めることを得意《とくい》にしているマネージャもいます。社会的《しゃかいてき》には、この姿《すがた》があるべきマネージャかもしれません。ところが、わたしはこういうことにはくわしくなく、やるだけの能力《のうりょく》もありません。したがって、わたしの職場《しょくば》の基準《きじゅん》では落《お》ちこぼれマネージャの部類《ぶるい》に入《はい》ります。給料《きゅうりょう》どろぼうともいわれます。さて、それではわたしは何《なに》をしてきたのでしょう？

それは、このプロジェクトを今《いま》から約《やく》二十年前《ねんまえ》に立《た》ちあげるという仕事《しごと》をしたのです。当時《とうじ》、わたしは東京大学《とうきょうだいがく》の助教授《じょきょうじゅ》で、研究室《けんきゅうしつ》で宇宙空間《うちゅうくうかん》に広《ひろ》がるプラズマを撮影《さつえい》する装置《そうち》をつくっていました。ある日《ひ》、わたしの大学院時代《だいがくいんじだい》の先生《せんせい》に呼《よ》びだされます。

この先生《せんせい》は当時《とうじ》、宇宙科学研究所《うちゅうかがくけんきゅうしょ》（宇宙研《うちゅうけん》）の中《なか》で惑星探査《わくせいたんさ》の流《なが》れをつくっていた方《かた》でした。

〝中村君《なかむらくん》、じつは宇宙研《うちゅうけん》の助手《じょしゅ》が一人《ひとり》、金星《きんせい》に行《い》きたがっているんだが〟〝ロケットに乗《の》せて打《う》ちあげてやればいいじゃないですか？　生《い》きてられるかどうかわかんないけど〟〝そうじゃなくて、かれは金星探査機《きんせいたんさき》を宇宙研《うちゅうけん》で打《う》ちあげたいと思《おも》っているんだよ〟〝はい、わたしにはいいことに思《おも》えますね〟〝だけど、かれ一人《ひとり》では無《む》理《り》だから、手伝《てつだ》ってやってほしいんだけど〟〝はぁ？　わたしは東大《とうだい》でいそがしいんです〟〝きみ、今何《いまなに》やってんの？〟〝地球《ちきゅう》のプラズマ圏《けん》の撮影《さつえい》です。知《し》ってるくせに〟〝中村君《なかむらくん》、そういうのはもう古《ふる》い！　そんなのは若《わか》い人《ひと》にまかせて金星《きんせい》をやりなさい〟〝ぼく、まだ若《わか》いんですけど〟〝いや、きみはじゅうぶん年寄《としよ》りだ。これ以《い》上《じょう》プラズマ撮像《さつぞう》をやっても、きみに未来《みらい》はない〟〝んな、アホな〟〝いや、事実《じじつ》だ。今《いま》、われわれの分野《ぶんや》では、赤外線《せきがいせん》で惑星観測《わくせいかんそく》をする機器《きき》をつくれる人間《にんげん》はいない。きみが東大《とうだい》でやりなさい〟という会話《かいわ》のあとに、なぜか説得《せっとく》されて東京大学《とうきょうだいがく》で赤外《せきがい》線《せん》で金星《きんせい》を観測《かんそく》する装置《そうち》をつくることになっていました。

　そこで、まずカメラ群《ぐん》の設計《せっけい》を、東大《とうだい》の同僚《どうりょう》とカメラメーカーの知《し》り合《あ》いとではじめます。しかし、探査機《たんさき》の仕様《しよう》が決《き》まらなければ、カメラの性能《せいのう》がいかせないことが、しだいに明《あき》らかになってくるのです。つまり、探査機《たんさき》がどこをどう飛《と》んで、動《うご》いている機体《きたい》から何分《なんぷん》の一秒《びょう》のシャッターを切《き》ればよいかとか、探査機《たんさき》がガタゴト電車《でんしゃ》みたいにゆれたりしないかとかです。

　これを解決《かいけつ》するために、最終的《さいしゅうてき》に探査機《たんさき》をつくったメーカーのエンジニア、宇宙《うちゅう》研工学《けんこうがく》のえらい先生《せんせい》といっしょに、運用計画《うんようけいかく》（どこから、どのカメラのシャッターを切《き》るか）を基本《きほん》にすえ、それを満《み》たす探査機《たんさき》を考《かんが》えました。今考《いまかんが》えると、このころに真剣《しんけん》に検討《けんとう》を進《すす》めたことが、将来《しょうらい》にいかされたと考《かんが》えています。

次《つぎ》にした仕事《しごと》は、周辺《しゅうへん》にいる人《ひと》たちの説得《せっとく》です。今《いま》いったような検討《けんとう》を進《すす》めるためには、お金《かね》がかかります。そこで宇宙科学研究所理学委員会基礎開発研究費《うちゅうかがくけんきゅうしょりがくいいんかいきそかいはつけんきゅうひ》に応募《おうぼ》しましたが、その時《とき》の審査員《しんさいん》たちにボロクソにいわれます。くやしくて奥歯《おくば》をかみしめていたらボロボロになった歯《は》は、今《いま》でもぐらぐらします。

審査《しんさ》の結果《けっか》はゼロ査定《さてい》（お金《かね》が出《で》ないこと）。その時《とき》あわれに思《おも》った、ぼくの先輩《せんぱい》教授《きょうじゅ》が、委員長《いいんちょう》にたのみこんで一千万円《せんまんえん》だけ開発費《かいはつひ》を復活《ふっかつ》してもらいました。そのいただいた開発費《かいはつひ》で、カメラの基礎設計《きそせっけい》と探査機《たんさき》の概念設計《がいねんせっけい》、打《う》ちあげから投入《とうにゅう》までの軌道計画《きどうけいかく》をつくりあげます。また日本《にほん》の科学者《かがくしゃ》たちの支持《しじ》をえるため、日本中《にほんじゅう》の大学《だいがく》の気象学教室《きしょうがくきょうしつ》、地球物理学教室《ちきゅうぶつりがくきょうしつ》を行脚《あんぎゃ》し、セミナーを行《おこな》いました。それをしていると大学《だいがく》の講義《こうぎ》をする時間《じかん》がないため、東京大学《とうきょうだいがく》の講義《こうぎ》はすべて別《べつ》の先生《せんせい》に肩《かた》がわりしてもらいます。

もらったお金《かね》で立《た》ちあげた検討《けんとう》チームでは、理論《りろん》、観測《かんそく》のメンバーを組織《そしき》し、探査機《たんさき》にのせるカメラもしぼりこみました。その総力《そうりょく》をあげて提案書《ていあんしょ》を書《か》きあげ、二〇〇一年《ねん》一月《がつ》の第《だい》一回宇宙科学《かいうちゅうかがく》シンポジウムの、一日目《にちめ》の最初《さいしょ》の一連《いちれん》の講演《こうえん》として金星探査《きんせいたんさ》を提案《ていあん》し、満場拍手《まんじょうはくしゅ》かっさい、その日《ひ》の夕方《ゆうがた》には宇宙科学研究所《うちゅうかがくけんきゅうしょ》の委員会《いいんかい》がひらかれ、第《だい》二十四号科学衛星《ごうかがくえいせい》としてみとめられたのです。

これがぼくがマネージャとしてした仕事《しごと》の大部分《だいぶぶん》です。年数《ねんすう》にすれば三年《ねん》くらいでしょうか？　その後《ご》は、探査機《たんさき》の工学部分《こうがくぶぶん》は石井信明教授《いしいのぶあききょうじゅ》（プロジェクトエンジニア）、理学部分《りがくぶぶん》は今村剛助教授《いまむらつよしじょきょうじゅ》（プロジェクトサイエンティスト）、財政面《ざいせいめん》は阿部琢《あべたく》美助教授《みじょきょうじゅ》（マネージャ補佐《ほさ》）、各《かく》カメラはそれぞれのカメラチーム（佐藤先生《さとうせんせい》はＩＲ《アイアール》２《ツー》の責任者《せきにんしゃ》）にまかせて、わたしは机《つくえ》の前《まえ》で昼寝《ひるね》をする毎日《まいにち》を何年《なんねん》も続《つづ》けたのでした。（註《ちゅう》：二〇一〇年《ねん》の金星投入失敗《きんせいとうにゅうしっぱい》の時《とき》に、テレビで国民《こくみん》のみなさんにあやまったり、原因究明《げんいんきゅうめい》チームをひっぱったりしたのは、例外《れいがい》です）

さて、ここからみなさんが学《まな》ぶべき教訓《きょうくん》は何《なん》でしょうか？　仕事《しごと》はなるべく他人《たにん》にまかせ、ねてくらす？　イソップ物語《ものがたり》のキリギリスのように。いえいえ、みなさんに心《こころ》にとめてほしいのは、何《なに》ごとも最初《さいしょ》が大切《たいせつ》ということです。最初《さいしょ》にゴールを設定《せってい》し、最後《さいご》までやるべきことを想像《そうぞう》して、やるべきことの設計図《せっけいず》と、その作業手《さぎょうて》順《じゅん》を明確《めいかく》にしておくことです。そうすれば、不測《ふそく》の事態《じたい》がおきた時《とき》にも、落《お》ちついて行動《こうどう》ができるでしょう？　すべては想像力《そうぞうりょく》の問題《もんだい》です。

みなさんもこれから長《なが》い人生《じんせい》、何《なに》がおこるかわかりませんが、今《いま》、何《なに》をなすべきかをよく考《かんが》えて、人生《じんせい》の設計図《せっけいず》を書《か》きましょう。決《けっ》してそのようには行《い》かないのが人生《じんせい》ですが、何《なに》も考《かんが》えていないよりかは、はるかによい。幸《さいわ》い多《おお》い人生《じんせい》をすごすために、今日《きょう》できることを明日《あす》にのばしてはいけません。

●メッセージ 「人生《じんせい》は『足《た》し算《ざん》』してこそ、面白《おもしろ》い」

佐藤《さとう》 毅彦《たけひこ》（「あかつき」IR2《アイアールツー》カメラ 開発《かいはつ》・運用担当《うんようたんとう》）

一般《いっぱん》のみなさんへ向《む》けた講演《こうえん》のあとによく、「どうしたらJAXA《ジャクサ》に入《はい》れますか？」「佐藤《さとう》さんは、どうやってJAXA《ジャクサ》に入《はい》ったのですか？」という質問《しつもん》をもらうことがあります。これにお答《こた》えするのはしかし、わたしには簡単《かんたん》ではありません。

実《じつ》は「JAXA《ジャクサ》に入《はい》りたい」と思《おも》って就職活動《しゅうしょくかつどう》をしたことがないどころか、「宇宙《うちゅう》へ飛《と》ばす装置《そうち》の開発《かいはつ》をしたい」と思《おも》ったことすら、「あかつき」に参加《さんか》するまではなかったわたしだからなのです。

一九九二年《ねん》に東京理科大学《とうきょうりかだいがく》から博士《はくし》の学位《がくい》をいただいたあと、ハワイ大学天文学《だいがくてんもんがく》研究所《けんきゅうしょ》で「木星赤外《もくせいせきがい》オーロラの観測《かんそく》・研究《けんきゅう》」という仕事《しごと》をはじめました。五年《ねん》のアメリカ暮《ぐ》らしのあと日本《にほん》にもどり、母校《ぼこう》の計算科学《けいさんかがく》フロンティア研究《けんきゅう》センターに講《こう》師《し》として勤《つと》めていたある日《ひ》、中村正人《なかむらまさと》先生《せんせい》がたずねてこられたのです。いわく、「佐藤《さとう》さんは赤外線《せきがいせん》での惑星観測《わくせいかんそく》・研究《けんきゅう》の経験《けいけん》が豊富《ほうふ》そうですから、ぜひ日本《にほん》の金《きん》星探査計画《せいたんさけいかく》にも参加《さんか》してください」と。日本《にほん》の学会《がっかい》でわたしが「木星赤外《もくせいせきがい》オーロラ」について研究発表《けんきゅうはっぴょう》をしたのをご覧《らん》になっていたらしいのです。これが、宇宙《うちゅう》モノの開発《かいはつ》にかかわり、そしてその後《ご》にJAXA《ジャクサ》へ入《はい》るきっかけでした。

そんなわたしですから、宇宙《うちゅう》モノ開発《かいはつ》の「用語《ようご》」は、まったくちんぷんかんぷんでした。え？　ＰＭ《ピーエム》って何《なに》？　ＦＭ《エフエム》って何《なに》？　ＢＢＭ《ビービーエム》って？　それがいつの間《ま》にか、「あかつき」搭載《とうさい》カメラの一つ、ＩＲ２《アイアールツー》の責任者《せきにんしゃ》をまかされてしまったのですから、おつきあいしてくださったメーカーの方々《かたがた》にはご迷惑《めいわく》おかけしました（汗《あせ》）。ＩＲ《アイアール》２《ツー》が無事《ぶじ》に完成《かんせい》し、探査機《たんさき》に搭載《とうさい》されて打《う》ちあがり、紆余曲折《うよきょくせつ》の果《は》てに金星周回軌《きんせいしゅうかいき》道《どう》に入《はい》り、二〇一五年《ねん》十二月《がつ》十一日撮影《にちさつえい》のＩＲ２《アイアールツー》ファーストライト画像《がぞう》がとどいた時《とき》には、本当《ほんとう》に涙《なみだ》が出《で》るほどうれしかったものです。

さて、では「素人《しろうと》」のわたしが、なぜこの大役《たいやく》を果《は》たすことができたのでしょう？　それが、人生《じんせい》の「足《た》し算《ざん》」の成果《せいか》ではないか、と思《おも》うのです。

「モノをつくる」ということ自体《じたい》は小《ちい》さいころからとても好《す》きで、小学校《しょうがっこう》でも図画《ずが》工作《こうさく》は得意科目《とくいかもく》でした。図画《ずが》の部分《ぶぶん》は、本書《ほんしょ》に掲載《けいさい》されている「ビーチでくつろぐサングラスあかつきくん」イラストで納得《なっとく》してもらえるものと思《おも》います。工作《こうさく》の部《ぶ》分《ぶん》は、高校生《こうこうせい》くらいから望遠鏡《ぼうえんきょう》の周辺機器《しゅうへんきき》の自作《じさく》などを手《て》がけていましたし、大学《だいがく》に入《はい》ってからは反射望遠鏡《はんしゃぼうえんきょう》の鏡《かがみ》を研磨《けんま》することまで行《おこな》いました。

自宅《じたく》ではレコードをかけ音楽《おんがく》を聴《き》くのが大好《だいす》きですが、その装置《そうち》にもいろいろなところに「手《て》を加《くわ》えて」います（古《ふる》い装置《そうち》はそうしないと動《うご》かしつづけることができない、という事情《じじょう》もありますが）。さらには、自動車《じどうしゃ》も簡単《かんたん》なメインテナンスくらいならばこなし、二年《ねん》に一度《ど》の車検《しゃけん》は自《みずか》らラインを通《とお》すユーザ車検《しゃけん》で行《おこな》います。

この点《てん》では、人並《ひとな》みはずれた「工作人間《こうさくにんげん》」なのですが、かといってそれだけで宇宙《うちゅう》モノの開発《かいはつ》ができるわけでもありません。

次《つぎ》には、金星《きんせい》とのかかわりです。大学院生時代《だいがくいんせいじだい》の研究《けんきゅう》、学位《がくい》をとってからの研究《けんきゅう》、ずっと対象《たいしょう》は木星《もくせい》であり、金星《きんせい》ではありませんでした。さかのぼると、中学入学後《ちゅうがくにゅうがくご》に買《か》ってもらった望遠鏡《ぼうえんきょう》（口径《こうけい》10センチメートルの反射経緯台《はんしゃけいいだい》）では観測《かんそく》できる対象《たいしょう》がかぎられていて、惑星《わくせい》の中《なか》でも最《もっと》も大《おお》きく模様《もよう》も見栄《みば》えのする（変化《へんか》があり面白《おもしろ》い）木星《もくせい》にひかれた、というのが出発点《しゅっぱつてん》です。

不思議《ふしぎ》な話《はなし》なのですが、大学《だいがく》の卒業研究《そつぎょうけんきゅう》〜大学院《だいがくいん》で六年《ねん》にわたり指導《しどう》してくださった川端潔先生《かわばたきよしせんせい》は、実《じつ》は金星《きんせい》の研究《けんきゅう》で名《な》を成《な》した方《かた》です。米国《べいこく》NASA《ナサ》の研究所《けんきゅうしょ》で、パイオニアビーナス計画《けいかく》に加《くわ》わり、金星《きんせい》の偏光《へんこう》データを解析《かいせき》し、研究《けんきゅう》をされていました。その先生《せんせい》にご指導《しどう》いただきながら、金星《きんせい》には見向《みむ》きもせず木星《もくせい》の研究《けんきゅう》をしていたわけです。ただし、大気《たいき》や雲《くも》により光《ひかり》が散乱《さんらん》や吸収《きゅうしゅう》されるという観点《かんてん》では、両《りょう》惑星《わくせい》は同《おな》じような計算《けいさん》であつかうことができ、その意味《いみ》で勉強《べんきょう》したことはのちに大《おお》きく役立《やくだ》つことになるのです。

「モノづくり」「金星研究《きんせいけんきゅう》の下地《したじ》」にさらに加《くわ》わるもの、それは「人《ひと》とつきあう時《とき》の接《せっ》し方《かた》」であると思《おも》います。相手《あいて》を尊重《そんちょう》しつつ、自分《じぶん》の考《かんが》えをはっきりと（整理《せいり》した形《かたち》で）述《の》べる、そして議論《ぎろん》を経《へ》て、よい結論《けつろん》を導《みちび》く、こうしたことができるというのが大切《たいせつ》です。

これがどのようにして身《み》についたのか、ハッキリこれということはできませんが、柔道家《じゅうどうか》であった父親《ちちおや》にしつけられたこと（なぐられたこともありましたっけ）、幼《よう》稚園《ちえん》からはじまり大学《だいがく》までほとんどの時間《じかん》をよい先生《せんせい》にめぐまれたこと（担任《たんにん》の先《せん》生《せい》の家《いえ》へ泊《と》まりがけで遊《あそ》びにいったこともあったな）、ちょっと背《せ》のびをしいられる中学《ちゅうがく》・高校時代《こうこうじだい》を送《おく》ったこと（比較的裕福《ひかくてきゆうふく》な家庭《かてい》の子《こ》が多《おお》い「進学校《しんがくこう》」でした）、などなど。もちろん、一九九二年《ねん》から五年間《ねんかん》のアメリカ暮《ぐ》らしは、言《い》うべきことをきちんと言《い》うお国柄《くにがら》（実《じつ》はそれだけでもない、ということも学《まな》びましたが）に多大《ただい》な影響《えいきょう》を受《う》けたのでした。宇宙《うちゅう》モノ素人《しろうと》のわたしが、百戦錬磨《ひゃくせんれんま》のメーカーのみなさんとの議論《ぎろん》を通《とお》して仕事《しごと》をやりとげられたのは、この「接《せっ》し方《かた》」が、ひょっとすると最大《さいだい》の要因《よういん》であったかもしれません。

そしてわたしにはもうひとつ、「足《た》す」ものがあります。「教育関係《きょういくかんけい》の仕事《しごと》」です。それも、大学院生《だいがくいんせい》に宇宙科学《うちゅうかがく》・惑星科学《わくせいかがく》を教《おし》えるだけでなく、小学生《しょうがくせい》や中学生《ちゅうがくせい》に「理科《りか》」の授業《じゅぎょう》をするというものです（年間《ねんかん》、二十から三十時間《じかん》くらい教壇《きょうだん》に立《た》ちます）。「よい先生《せんせい》にめぐまれた」と先《さき》に書《か》きましたが、その恩返《おんがえ》しというか、「教《おし》える」ということが自分自身《じぶんじしん》で好《す》きなんですね。教室《きょうしつ》で「月《つき》の満《み》ち欠《か》け」を学《まな》ぶ子《こ》どもたちには、「あかつき」の佐藤《さとう》から教《おそ》わる授業《じゅぎょう》が特別《とくべつ》なものとして印象《いんしょう》に残《のこ》り、そうした教室経験《きょうしつけいけん》をもつ佐藤《さとう》ですから、一般《いっぱん》の方《かた》に向《む》けた講演《こうえん》や、あるいは本書《ほんしょ》の監修《かんしゅう》をも適切《てきせつ》にこなせるのだと思《おも》います。

一見《いっけん》ムダに思《おも》えることでも、あとで「足《た》し算《ざん》」となって役《やく》に立《た》つ日《ひ》がくる。人生《じんせい》は、それでこそ面白《おもしろ》いのです。みなさんも、たくさん「足《た》し算《ざん》」していってください。

★あかつきがつくった世界初《せかいはつ》の記録《きろく》

・セラミックスラスタを宇宙《うちゅう》で噴射《ふんしゃ》して使《つか》えたこと

・惑星周回《わくせいしゅうかい》軌道《きどう》投入《とうにゅう》失敗《しっぱい》後《ご》に再挑戦《さいちょうせん》で惑星周回軌道《わくせいしゅうかいきどう》に入《はい》ったこと

・金星《きんせい》の赤道面《せきどうめん》を周回《しゅうかい》する人工衛星《じんこうえいせい》になったこと

・赤道面《せきどうめん》から金星《きんせい》の写真《しゃしん》を連続的《れんぞくてき》にとったこと

・金星《きんせい》に出現《しゅつげん》する弓状《ゆみじょう》もようのしくみを解明《かいめい》したこと

★　きみも「あかつき」をもっと知ろう！

あかつきの最新情報や、ペーパークラフトの

ダウンロードなどが楽しめるよ。

https://www.bunkei.co.jp/akatsuki/

監修・中村　正人（なかむら まさと）

1959 年、神奈川県出身。 東京大学大学院理学系研究科地球物理学専攻博士課程修了。
マックスプランク研究所研究員、旧文部省宇宙科学研究所助手、東京大学大学院理学系研究科助教授を経て、2002 年より JAXA 宇宙航空研究開発機構宇宙科学研究所教授。
2023 年より宇宙航空研究開発機構名誉教授。
専門は、惑星大気プラズマ物理学。

金星探査機『あかつき』の元プロジェクトマネージャ。

監修・佐藤　毅彦（さとう たけひこ）

1962 年、東京都出身。 東京理科大学大学院・理学研究科物理学専攻博士課程修了。

ハワイ大学天文学研究所客員研究員。NASA ゴダード宇宙センター研究員。

東京理科大学計算科学フロンティア研究センター講師、熊本大学教育学部助教授を経て、2006 年 12 月から JAXA 宇宙航空研究開発機構宇宙科学研究所教授。

金星探査機「あかつき」の IR2 カメラ開発・運用担当。

文・山下　美樹（やました みき）

NTT での勤務を経て、IT・天文ライターに。その傍ら、岡信子氏、小沢正氏に師事し童話作家の道へ。幼年童話と科学読み物を中心に執筆している。
主な作品に、『ケンタのとりのすだいさくせん』、『ケンタとアマノジャック』、『「はやぶさ」がとどけたタイムカプセル』、『世界初の宇宙ヨット「イカロス」』、『「はやぶさ 2」リュウグウからの玉手箱』（いずれも文溪堂）、『地球のあゆみえほん』（PHP 研究所）、『かがくのお話 25』（西東社）などがある。日本児童文芸家協会会員。

■参考資料

JAXAホームページ　https://www.jaxa.jp/

金星探査機「あかつき」特設サイト　https://akatsuki.isas.jaxa.jp/

「あかつき」チームX　https://x.com/Akatsuki_JAXA

★　取材・写真協力

JAXA

「あかつき」プロジェクトチーム

武藤　哲司（ぐんま国際アカデミー）

★　イラスト協力

池下　章裕

酒井　圭子

「あかつき」一番星のなぞにせまれ！

2017年9月　初版 第1刷発行
2025年2月　　　 第6刷発行

監　修　中村正人／佐藤毅彦
著　者　山下美樹
発行者　水谷泰三
発　行　株式会社文溪堂 〒112-8635　東京都文京区大塚3-16-12
TEL (03) 5976-1515（営業）　(03) 5976-1511（編集）
ホームページ　https://www.bunkei.co.jp
編集協力　志村　由紀枝
装　丁　村口　敬太（株式会社 スタジオダンク）
印　刷　TOPPANクロレ株式会社　　製　本　株式会社 若林製本工場

NDC913/112P　223×193mm　ISBN 978-4-7999-0241-7